KB128490

광해록

광해록 6

초판 1쇄 인쇄일 2015년 3월 18일 ㅣ **초판 1쇄 발행일** 2015년 3월 20일

지은이 조 휘 ㅣ **펴낸이** 곽중열 ㅣ **담당편집 팀장** 이범수
편집부 신연제 이윤아 김호성 김은경

펴낸곳 (주)조은세상 ㅣ **출판등록** 제 2002-23호
주소 경기도 연천군 미산면 청정로1355
TEL 편집부 02)587-2966 ㅣ **FAX** 02)587-2922
e-mail bukdu@comics21c.co.kr

ⓒ조 휘 2014
ISBN 979-11-5512-987-6 ㅣ ISBN 979-11-5512-853-4(set) ㅣ 값 8,000원

※잘못 만들어진 책은 바꿔 드립니다.
※저자와의 협의에 의해 인지는 생략합니다.

광해록

NEO ALTERNATIVE HISTORY FICTION

조휘 대체 역사 장편소설

6

光海錄

북두
(주)조은세상

CONTENTS

NEO ALTERNATIVE HISTORY FICTION

광해록

1장. 좁혀오는 포위

光海錄

1장. 좁혀오는 포위

유경천은 어지러웠다.

제 자리에서 몇 바퀴를 정신없이 돈 사람처럼 하늘이 빙빙 돌았다.

하늘이 노랗게 변한다는 상황이 뭔지 지금에서야 제대로 깨달았다.

속이 메슥거려왔다.

입을 열면 무언가가 튀어나올 거 같았다.

그게 아침에 먹은 죽이든, 뭐든 상관은 없었다.

유경천은 목까지 차오른 무언가를 힘을 주어 다시 삼켰다.

비릿한 피 냄새가 입 안에 가득했다.

피였던 모양이다.

갑옷을 관통한 탄환은 가슴 어딘가에서 제 할 일을 하는 중이었다.

몸을 살짝 움직여도 가슴에서 퍼진 통증이 등까지 곧장 뻗어갔다.

옆구리에 배에 난 상처는 피륙의 상처였다.

그러나 가슴에 박힌 탄환은 장기를 썩게 만들었다.

상처부위를 칼자루로 마늘을 빻듯 짓눌렀다.

아릿한 통증이 전신으로 퍼져가며 빙빙 돌던 하늘이 그제야 멈췄다.

더 강한 통증이 더 약한 통증을 잡아먹었다.

"헉헉."

유경천은 거친 숨을 몰아쉬며 고개를 들었다.

그의 상대, 타치바나 무네시게는 조금 전과 같은 모습으로 서있었다.

마치 수도하는 사람처럼 왜도를 가슴 앞까지 올린 후 비스듬히 비틀어 유경천을 겨누는 것인지, 그 뒤를 겨누는 것인지 헷갈렸다.

유경천의 입가가 살짝 비틀렸다.

"마음에 들지 않는군."

실제로 마음에 들지 않았다.

어린 아이를 상대하는 거처럼 흔들림이 없는 적의 모습

이 싫었다.

"하앗!"

기합성을 지른 유경천은 환도를 검처럼 눕혀 타치바나 무네시게의 목을 찔러갔다. 그의 상태로 봤을 때 가슴이나, 팔다리를 베어서는 이길 확률이 없었다. 찌르면 즉사하는 그런 곳이 필요했다.

정오의 강렬한 태양이 칼날을 거울처럼 비추는 순간.

반사한 빛이 섬광처럼 먼저 타치바나 무네시게의 눈으로 쏘아졌다.

타치바나 무네시게는 눈을 찌푸리며 뒤로 반 보 움직였다.

캉앙!

경쾌한 쇳소리가 울리며 유경천이 찌른 칼날은 타치바나 무네시게가 휘두른 왜도에 막혀 목 대신, 턱 밑을 살짝 가르며 지나갔다.

정중동을 유지하던 타치바나 무네시게의 몸이 살짝 흔들렸다.

유경천은 자리에서 팽이처럼 한 바퀴 돌며 허리를 강하게 베어갔다.

타치바나 무네시게는 급히 칼을 내려 유경천의 칼을 받았다.

캉!

짧은 쇳소리가 울리더니 타치바나 무네시게가 뒤로 주르륵 밀렸다.

유경천은 두 손으로 잡은 환도를 밑에서 비스듬히 위로 올려쳤다.

개인 호신용이어서 길이가 짧던 환도는 왜국과의 전쟁이 길어짐에 따라 점점 길어져 지금은 왜도와 거의 같은 길이로 변해있었다.

이 세 번의 폭풍과 같은 연격은 남은 힘을 모두 쥐어짜낸 결과였다.

환도의 날선 칼날은 마치 폭포를 거슬러 오르는 날렵한 잉어처럼 방어가 빈 타치바나 무네시게 옆구리를 사선으로 곧장 베어갔다.

유경천의 눈에 안도의 빛이 떠올랐다.

섬광처럼 뻗어간 환도의 날이 옆구리를 닿기 직전이었다.

한데 그 순간.

타치바나 무네시게가 물이 흐르듯 자연스럽게 살짝 몸을 비틀었다.

촤아악!

갑옷이 잘리며 옷이 드러났다.

그러나 그게 다였다.

타치바나 무네시게가 몸을 비트는 바람에 상처를 깊이 내지 못했다.

하늘로 비스듬히 올라간 환도를 보며 유경천은 쓴웃음을 지었다.

그와 동시에 타치바나 무네시게의 칼이 수직으로 떨어졌다.

촤악!

투구를 스친 왜도의 날이 턱을 지나 가슴으로 파고들었다.

유경천은 말을 하려는 듯 입을 열었다.

그러나 말 대신 피가 먼저 뿜어져 나왔다.

폐를 크게 다쳤다는 증거였다.

털썩!

무릎을 꿇은 유경천은 고개를 들어 타치바나 무네시게를 응시했다.

마치 그를 쓰러트린 사람이 누구인지 잊지 않으려는 듯했다.

타치바나 무네시게의 굳게 다문 입이 살짝 열렸다.

왜국말이어서 알아듣지는 못했지만 그에게 호의가 있는 음성이었다.

저벅!

그의 뒤로 돌아간 타치바나 무네시게가 유경천의 피가 흘러내리는 왜도를 두 손으로 힘껏 잡아 하늘을 찌를 듯 위로 들어올렸다.

유경천은 흐릿해지는 시선으로 하늘과 땅을 보았다.

신록이 가득한 하늘 아래, 열기로 이글거리는 조선의 대지가 있었다.

이제 눈을 감으면 이 그리운 산하를 언제 다시 볼 수 있을까.

유경천의 눈에 조그마한 미련이 싹트기 시작할 무렵.

쉭!

타치바나 무네시게의 칼이 떨어짐과 동시에 모든 번민이 사라졌다.

1연대 병사들은 뒤에 쳐져 있어 유경천을 구해내지 못했다.

그러나 연대장의 시신을 적에게 내어줄 수는 없었다.

전멸하는 한이 있어도 반드시 시신만은 회수해야했다.

그래서 자신들의 손으로 직접 장사를 지내줘야 했다.

그게 유경천이 보여준 용기와 희생에 대한 최소한의 답례일 것이다.

분노한, 그리고 슬퍼한 병사들은 왜군을 향해 노도와 같이 짓쳐갔다.

겁을 내는 자도 없었다.

부상을 당한 자도 일어나서 달렸다.

다리를 다쳤으면 칼로, 창으로 땅을 짚어가며 달렸다.

타치바나군의 가신들은 당황했다.

장수가 죽으면 그의 부하들은 으레 뿔뿔이 흩어지기 마련이었다.

한데 1연대는 달랐다.

그들은 오히려 더 분노하여 타치바나군을 공격했다.

조총의 탄환과 화살이 허공을 무수히 갈랐다.

환도는 왜도를 부수며 왜군의 몸에 깊은 상처를 입혔다.

또, 창은 왜군이 자랑하는 장창을 비켜내더니 몸에 구멍을 뚫었다.

분노한 1연대를 막을 수 있는 자는 그 어디에도 없었다.

막강하던 타치바나군마저 일패도지해 다시 목책 밖으로 쫓겨났다.

거기서 끝이 아니었다.

1연대 병사들은 그들을 절망하게 했던 귀갑차에 분풀이를 하였다.

나무와 돌, 가죽으로 만들어 무적으로 보이던 귀갑차는 이내 산산 조각 나 흩어졌다. 목책을 돌파할 때와는 전혀 다른 모습이었다.

귀갑차에 당해 무너졌던 전선은 다시 원래대로 돌아갔다.

다행히 유경천의 시신 역시 다시 1연대의 수중에 들어갔다.

셋째 날 전투는 조선군에 상처와 손실을 동시에 안겨주며 끝났다.

그 중에서 타치바나 무네시게를 상대하던 1연대의 피해가 극심했다.

귀갑차에 당해 2천을 상회하던 전력이 천 명으로 급감했다.

더욱이 회령전투에서부터 이혼과 함께 역경을 헤쳐 나온 1연대장 유경천의 전사소식은 근위사단 전체에 슬픔과 분노를 안겨주었다.

이혼도 다르지 않았다.

어쩌면 누구보다 슬퍼할 사람이 그였다.

그야말로 든든한 동지, 아니 팔 하나가 잘려나간 기분이었다.

셋째 날 전투에서 전사한 병사들의 시신은 근처 밭에 가매장하였다.

여름이어서 방치해두면 산 자와 죽은 자 모두에게 별로 좋지 않았다.

이혼은 유경천의 무덤가에 도착해서는 하늘을 우러러보았다.

별과 달이 쏟아질 거처럼 눈부시게 빛났다.

"흐음."

깊은 한숨을 토해낸 이혼은 무덤에 박힌 나무 묘비에 시선을 주었다.

급히 파내려간 묘비의 글자들이 그의 마음을 더 아프게 만들었다.

이혼은 묘비 앞에 무너지듯 한쪽 무릎을 꿇었다.

이에 놀란 정말수가 다가오려다가 급히 멈추었다.

무릎을 꿇은 이혼은 눈을 감은 채 묵도를 올렸다.

'조금만 참아주십시오. 곧 양지바른 곳으로 옮겨드리겠습니다. 그리고 하늘에서 우리가 이길 수 있도록 도와주십시오. 부탁입니다.'

묵도를 올린 이혼은 일어나서 다시 하늘을 보았다.

동쪽에서 몰려온 먹구름이 달빛을 야금야금 먹어치우기 시작했다.

이혼은 가슴이 덜컹 내려앉았다.

마치 저 달의 처지가 자신, 아니 조선의 처지와 같아 보였던 것이다.

나쁜 생각을 잊으려는 듯 고개를 세차게 저은 이혼은 날이 밝기를 기다렸다. 다음 날 전투 역시 이른 아침부터 시작이 되었다.

삼면에서 몰려든 왜군은 조선군을 닥밭골 안으로 몰기 시작했다.

화차와 용란이 없었으면 사령부마저 위험했다.

네 번째와 다섯 번째 날은 산발적으로 전투가 일어났다.

용란과 화차를 두려워한 왜군이 장기전을 염두에 두는 모습이었다.

왜군이 공격을 늦출수록 조선군은 속이 타들어갔다.

왜군의 거센 공격에 용란은 빠른 속도로 재고가 줄어들었다.

이런 속도라면 2, 3일 후에는 포병연대가 할 일이 없어졌다.

이혼은 휘하 부대에 화기를 최대한 아끼라는 지시를 내렸다.

그러나 아무리 아껴도 열흘이 지난 후에는 용란을 모두 소모하였다.

이장손 등 병기과 장인들이 닥밭골 대장간에서 제조하는 용란은 생산량보다 소비하는 양이 훨씬 많아 그 수요를 따라잡지 못했다.

이혼은 군수참모 국세필을 호출했다.

"포수가 사용할 화약은 얼마나 남았소?"

"3일치입니다."

이혼은 머리가 지끈거렸다.

포수가 조총을 쏘지 못하면 개인화기에서마저 밀릴 게 자명했다.

"병기과가 가진 화약을 융통해서 기일을 조금 늘려보시오."

"알겠습니다."

"화살은 어떻소?"

"지금은 비록 재고가 있사오나 화약이 떨어질 경우, 화살 소비가 늘어날 게 자명한지라, 화살 역시 아주 충족한 편은 아니옵니다."

국세필의 말은 이치에 맞았다.

조총을 쏘지 못하면 원거리에서 지원해주는 무기는 활밖에 없었다.

그렇다면 당연히 화살의 소비가 전보다 늘어날 것이다.

"지금부터라도 화살을 계속 제조하도록 하시오. 포병연대 병사들을 병기과에 보내 화살을 제조하게 할 테니 숨통이 트일 것이오."

"예, 저하."

국세필을 돌려보낸 이혼은 한극함과 정탁, 유성룡을 차례로 불렀다.

세 사람 역시 전투에 직접 참가만 하지 않을 뿐이지, 정신없이 바쁘기는 마찬가지여서 열흘 전보다 나이가 10년은 더 늙어보였다.

이혼은 굳은 표정으로 들어오는 참모장 한극함에게 물었다.

"왜 그러시오?"

"송구하오나 탈영병이 발생하기 시작했습니다."

"으음."

생존욕구는 인간이 가진 본능 중에 가장 강력한 본능이었다.

조선이 패할 거라 예상한 병사들이 살기 위해 탈영을 감행한 것이다.

군인이, 그것도 전투 중에 도망치면 방법이 딱히 없었다.

그저 빨리 싹을 잘라 다른 병사에게 영향을 주지 않게 해야 했다.

한 번 탈영병이 생기기 시작하면 그 불안감이 곧 전 병력에 퍼져 다음에는 그 몇 배에 이르는 병력이 탈영을 감행할 게 분명했다.

이혼은 눈을 감으며 고개를 끄덕였다.

"효수(梟首)하여 군율의 엄정함을 보여주도록 하시오."

"예, 저하."

대답한 한극함은 밖으로 나가 도망치다 잡힌 탈영병의 수급을 베어서는 모두가 볼 수 있도록 느티나무가지에 효시(梟示)하였다.

전투가 더 길어지면 모르지만 어쨌든 지금 당장은 효과를 볼 것이다.

이혼은 자리에 앉은 정탁에게 물었다.

"왜군의 공세가 지지부진한데 다른 방책이 없소?"

잠시 고뇌하던 정탁은 비장한 얼굴로 입을 열었다.

"신의 생각으로는 이 3일 동안, 포병을 쓰지 않는 게 좋 겠습니다."

"그게 무슨 말이오?"

"우리도 적지 않은 피해를 입었지만 왜군의 피해는 그 몇 배에 달할 겁니다. 그리고 그 피해 대부분은 용란에 의 한 것이니 왜군은 용란을 두려워해 깊숙이 들어오는 것을 자제하는 중일 겁니다."

맞은편에 앉아있던 유성룡이 물었다.

"용란이 없으면 아군의 피해가 더 늘어날 게 아니오?"

정탁은 심각한 얼굴로 고개를 끄덕였다.

"그럴 것이오. 그러나 이 방법 외에는 다른 방법이 없소 이다. 곧 장마가 닥치는데다 탈영병마저 생긴 상황에서 전 염병이라도 도는 날에는 오히려 왜군과 싸우기 전에 먼저 지리멸렬할지 모르오."

이혼은 정탁의 말을 잠시 되뇌다가 다시 물었다.

"경의 말은 왜군을 깊숙이 끌어들여야한다는 말이오?"

"그렇습니다."

"그럼 3일이라 말한 이유는 3일 후에 용란을 사용하자 는 말이오?"

"그렇습니다. 깊숙이 들어온 왜군은 우리에게 이젠 용 란이 없다는 것을 철석같이 믿을 겁니다. 그때, 용란을 앞 세워 반격하는 거지요."

"으음. 알았소. 그만들 나가보시오."

정탁과 유성룡이 돌아간 후 이혼은 혼자 남아 깊은 생각에 잠겼다.

'정말 정탁이 말한 방법 밖에 없다는 말인가?'

이혼은 고민에 빠졌다.

이제는 장마가 정말 며칠 남지 않았다.

작년과 비슷하다면 적어도 열흘 안에는 장맛비가 쏟아질 것이다.

그렇다면 장마가 닥쳐오기 전에 어떻게든 승부를 봐야하는데 적지 않은 피해를 입은 왜군은 시간을 끌며 오히려 장마를 기다렸다.

장마가 오면 습기로 인해 화약이 눅눅해져 위력을 발휘하지 못했다.

물론, 왜군의 조총병 역시 활동에 방해를 받을 테지만 왜군의 주력은 조총이 아니라, 장창병으로 이루어진 야리아시가루부대였다.

조선의 근위사단은 실전을 거치며 단병접전 능력이 크게 좋아졌다.

그러나 아무리 좋아졌다고 해도 왜군을 따라잡기는 힘들었다.

결국, 장마에 접어들면 조선군은 더 불리해지는 상황이었다.

그렇다면 장마가 오기 전에 큰 싸움을 벌여 빨리 승부를 봐야했다.

그래야 조금이라도 승리할 가능성이 높아졌다.

'장마가 오기 전에 왜군을 끌어들여서 싸워야한다.'

이혼은 일어나서 어두워지기 시작한 저녁 하늘을 응시했다.

'그렇다면 어떤 방법으로 왜군을 끌어들여야할까? 유인계?'

이혼은 이내 고개를 저었다.

'소룡포를 쓰면 왜군은 우리 유인계에 절대 말려들지 않을 것이다. 시간을 끌면 이기는 걸 아는데 굳이 모험할 필요가 없지 않은가.'

아무리 생각해도 정탁의 방법 외에 다른 방법은 없어보였다.

'소룡포를 쓰지 않으면 왜군은 안심할 것이다. 더욱이 그게 3일이라면 의심을 완전히 지운 채 마음 놓고 우리 진영에 들어올 것이다.'

이혼의 눈이 별처럼 반짝였다.

'그때, 적을 최대한 깊숙이 끌어들여 용란으로 결판을 짓는 거다. 물론, 왜군을 깊숙이 끌어들이기 위해서는 팔, 다리 하나쯤은 더 잃을 각오를 해야겠지. 대신 우리는 적의 심장을 취할 것이다.'

이혼은 주먹을 꽉 쥐었다.

'그래, 이 방법 밖에 없다. 앞으로 이 3일이 우리 운명을 결정한다!'

결정을 내린 이혼은 참모진을 불러 부대 재배치를 명했다.

"포병연대 병사들은 앞으로 이 3일 동안 반은 보병부대를 지원하고 나머지 반은 병기과에 가서 화살과 용란제조를 돕도록 하시오. 그리고 병기과는 3일 동안, 어떻게 해서든 용란을 최대한 많이 제조하도록 하시오. 이 일에 이번 전투의 승패가 달려있으니 모두 달라붙어야하오. 그럼 이렇게 알고 준비를 서둘러주시오."

"예, 저하."

이혼의 지시는 곧 보병연대와 포병연대, 본부연대 등에 전해졌다.

열 하루째 전투는 이전의 전투처럼 왜군의 도발과 함께 시작되었다.

왜군은 왜군에 투항한 순왜를 앞세워 조선군을 동요시키려 하였다.

목책 가까이 순왜를 보내 욕을 하거나, 투항하면 금과 벼슬을 준다는 회유책을 사용하여 어떻게 해서든 조선군을 끌어내려하였다.

그러나 아무리 도발해도 조선군은 자리에서 꿈쩍하지

않았다.

맞대응을 할 시에는 지위고하에 상관없이 엄벌에 처한다는 이혼의 명이 떨어진지 오래여서 함부로 대거리를 하는 자는 없었다.

정오 무렵, 왜군은 소규모 부대를 보내 조선군의 동향을 탐색했다.

그러나 이 역시 통하지 않았다.

결국, 왜군은 전군을 동원해 조선군 목책을 공격했다.

앞서 큰 효과를 거둔 귀갑차에 병력을 실어 목책을 단숨에 뚫었다.

다시 목책을 사이에 둔 전투가 펼쳐졌다.

한데 왜군은 조선군이 틈을 드러내도 안으로 깊이 들어오지 않았다.

용란이 두려웠던 것이다.

마치 언제든 퇴각할 준비를 끝낸 채 싸우러 온 자들처럼 보였다.

그러니 제대로 된 싸움이 이루어질리 만무했다.

오후까지 간헐적으로 공격해오던 왜군은 저녁에 바로 퇴각해버렸다.

다음 날 역시 마찬가지였다.

왜군은 귀갑차를 보내 목책을 뚫은 후 조총과 활을 쏘며 공격했다.

또, 주력인 장창부대를 보내 조선군의 저지선을 돌파했다.

그러나 어제와 마찬가지로 깊이 들어오지 않았다.

조선군이 계속 밀리는 와중에도 적정선을 지키며 전면전을 피했다.

기한으로 정한 마지막 세 번째 날.

아침 일찍 밥을 지어먹은 왜군은 귀갑차를 앞세워 공격을 해왔다.

한데 전날과는 달랐다.

간을 보는 거 같던 전날과는 달리, 왜군은 총공세를 가해왔다.

마침내 조선군의 유인작전에 걸려든 것이다.

이틀 동안, 위험한 지경에 처해서도 용란을 쏘지 못하는 조선군을 보며 용란 재고가 떨어졌다고 확신한 왜군은 삼면에서 총공세를 가하여 조선군을 닥밭골 방향으로 빠르게 몰아붙이기 시작했다.

이혼은 사령부 밖에 세운 장대에 올라가 전황을 살폈다.

이윽고 삼면에서 왜군이 총공세를 가하는지 속속 보고가 들어왔다.

"경상사단 우측이 무너져 퇴각하는 중입니다!"

"전라사단은 중군이 먼저 돌파당해 속수무책으로 밀리고 있습니다!"

이혼은 바로 대응에 나섰다.

"포병연대를 전라사단과 경상사단이 방어하는 남쪽전선에 보내라!"

"예, 저하!"

이혼의 명을 받은 통신과 전령들이 포병연대로 달려갔다.

이어 왼쪽전선에서 보고가 올라왔다.

"3연대 2대대 궤멸! 지원부대를 요청 중입니다!"

이혼은 입술을 잘끈 깨물다가 소리쳤다.

"항왜연대 1대대를 보내라!"

"예!"

전령이 장대를 내려가기 무섭게 다른 전령이 올라왔다.

"5연대는 방어하던 전선이 붕괴하여 닥밭골로 총 퇴각 중입니다!"

그 말에 이혼은 급히 목을 길게 뽑아 5연대가 지키던 왼쪽을 보았다.

먼지구름을 일으키며 퇴각하는 5연대 병력 선두가 보였다.

정탁이 외마디 비명을 질렀다.

"저래서는 옆에 있는 3연대와 1연대의 측면이 노출당합니다!"

심각함을 깨달은 이혼은 지체 없이 명을 내렸다.

"기병연대를 보내 5연대를 지원하라! 그 자리를 사수하라고 전해!"

"예!"

전령이 떠난 후 정탁은 고개를 저었다.

"이미 늦은 거 같습니다."

"하면 어떻게 해야 하오?"

"측면을 공격당하기 전에 1연대와 3연대에도 퇴각을 명하십시오."

"알겠소."

이혼은 대기하던 전령을 불러 1연대와 3연대에도 퇴각을 지시했다.

처음 흙벽돌을 쌓아 만든 임시 성채와 닥밭골에 있는 사령부의 거리는 1킬로미터였다. 그러나 지금은 전선이 계속 줄어들어 불과 100여 미터에 지나지 않았다. 그야말로 눈먼 탄환이 이혼이 있는 장대에 날아드는 지경이어서 서둘러 안전한 장소로 대피했다.

왜군의 공세는 오후 들어 더 거세졌다.

사방에서 비명과 고함소리, 그리고 병기 부딪치는 소리가 들려왔다.

조총의 총성과 화살이 시위를 떠나는 소리가 메아리처럼 이어졌다.

콰앙!

시마즈 요시히로가 지휘하는 부대가 목책을 돌파해 깊이 들어왔다.

3연대와 항왜연대 일부 병력이 저지해보려 했으나 불가항력이었다.

탕탕!

시마즈군이 자랑하는 조총부대가 사령부에 탄환을 쏘기 시작했다.

방패를 들고 방어하던 익위사 관원이 뒤로 쓰러졌다.

조총의 탄환이 방패를 뚫어버린 것이다.

와아아!

함성이 커지며 왜군의 모습이 점점 가까워졌다.

심지어 사령부로 삼은 가옥 담벼락에 왜군 장창이 보일 지경이었다.

'3연대가 와해당한 건가?'

시마즈 요시히로의 부대를 막아야하는 3연대는 보이질 않고 그 대신 시마즈군은 코앞에 다가와 있으니 답답해서 미칠 노릇이었다.

쾅!

힘으로 담벼락을 무너트렸는지 흙먼지와 기와조각이 날아들었다.

이어 무너진 담벼락으로 시마즈군 선봉이 들이닥쳤다.

조총과 활, 장창 등으로 무장한 아시가루 혼성부대였다.

"쳐라!"

소리친 기영도가 세작익위사 관원들을 지휘해 시마즈군을 막아갔다.

탕탕!

조총의 총성이 울리며 달려들던 익위사 관원 몇이 쓰러졌다.

그러나 기영도와 김덕령 등은 죽음을 두려워하지 않는 듯 보였다.

오히려 속도를 높이며 달려가 각자 가진 무기를 휘둘렀다.

창창창!

왜군의 장창이 익위사가 든 방패를 매섭게 찔러왔다.

왜군은 키가 대부분 작았는데 키의 두 배, 심지어는 세 배 길이의 창까지 가져와 방패와 칼로 무장한 익위사를 밀어내는 중이었다.

힘에 밀려 방패를 놓친 익위사 관원의 가슴에 장창 세 개가 박혔다.

고통으로 얼굴이 일그러진 익위사 관원은 그대로 허물어져 내렸다.

탕탕탕!

어느새 담벼락 위에 올라온 왜군 조총부대가 탄환을 쏘기 시작했다.

공격해가던 익위사 관원들이 피를 뿌리며 쓰러졌다.

쏟아져 들어오는 시마즈군의 수가 점점 늘어났다.

그리 넓지 않은 가옥 마당이 온통 왜군으로 가득한 듯했다.

탕!

이혼을 향해 쏜 것이 분명한 적의 탄환이 방패에 맞아 빗나갔다.

보좌하던 참모장 한극함은 깜짝 놀라 총을 쏜 곳을 보았다.

오른쪽을 방어하던 세자익위사가 뚫렸는지 왜군 수십 명이 보였다.

한극함은 돌아서서 이혼에게 청했다.

"여긴 이미 틀렸습니다! 당장 고분도리로 가셔야합니다!"

이혼은 쓴웃음을 지으며 고개를 저었다.

"고분도리에는 병기과가 있소. 지금 병기과의 장인들이 용란을 만드는 중인데 우리가 그쪽으로 도망치면 대장간이 발각을 당하오."

"저하!"

"어떻게든 막아봅시다!"

소리친 이혼은 칼을 뽑아 손에 쥐었다.

이혼의 모습에 한극함도 더는 청하지 못했다.

돌아선 한극함이 참모진에게 외쳤다.

"우리가 저하를 지켜드려야 한다! 모두 나를 따르라!"

한극함은 직접 칼을 뽑더니 익위사가 뚫린 오른쪽으로 달려갔다.

한극함 뒤를 참모 십여 명이 쫓았다.

왜군의 주력은 조총이 아니었다.

오다, 시마즈 등이 조총을 대량생산해 가격이 많이 내려가기는 했지만 여전히 적지 않은 가격이어서 구비하는데 부담이 심했다.

그래서 전국시대가 끝난 지금도 장창이 여전히 주력이었다.

조선군 역시 장창을 주력으로 사용하기는 마찬가지였다.

그러나 왜군의 장창은 오다 노부나가시절부터 길어지기 시작해 지금은 몇 미터를 훌쩍 넘어가 조선군의 장창보다 길이가 길었다.

지금도 담을 넘은 왜군은 장창으로 한극함을 찌르려 하였다.

그에 비해 한극함 등이 가진 무기라고는 고작 칼과 방패였다.

왜군의 장창과 조총을 상대하기 위해 기존에 있던 방패에 쇠를 덧대는 등 개조를 가해 보급했어도 여전히 무겁고 사용이 불편했다.

그런 방패로 먼 거리에서 찔러오는 왜군 장창을 막기는 무리였다.

그러나 방법이 없지는 않았다.

이혼 역시 왜군과 조선군 무기의 이러한 차이를 일찍부터 간파했다.

그래서 만든 게 바로 죽폭이었던 것이다.

한극함은 소지한 죽폭에 불을 붙여 던졌다.

앞으로 날아간 죽폭은 이내 펑 소리를 내며 폭발했는데 창을 앞으로 내민 채 달려들던 왜군 앞 열이 피를 흘리며 바닥을 뒹굴었다.

장창병을 상대하는 두 번째 방법은 그 특성을 역이용하는 거였다.

장창은 칼보다 먼 거리에서 적을 찌르는 무기였다.

그 말은 창의 길이가 길면 길수록 그만큼 상대의 무기가 닿지 않는 거리에서 상대를 공격하는 일이 가능하다는 말과 다름없었다.

왜국의 영주들은 경쟁적으로 장창의 길이를 늘려갔다.

급기야 사람 키의 세 배에 이르는 장창이 등장할 지경이었다.

그러나 어느 정도 한계는 있었다.

더 길어지면 장창병(長槍兵)이 제어하기 어려웠던 것이다.

이 장창을 사용하는 장창부대는 밖에서 보기에는 무적으로 보였다.

한데 이 장창병에는 큰 약점이 하나 있었다.

바로 측면공격에 취약하다는 점이었다.

장창은 길어진 만큼 진퇴는 쉬우나 옆으로 방향전환이 어려웠다.

이 점을 이용하면 생각보다 쉽게 쓰러트릴 수가 있었는데 그와 같은 생각을 장창부대를 운용하는 지휘관들이 모를 리가 없었다.

그래서 장창부대 좌우측면에 기병이나, 방패를 든 보병을 배치했다.

한데 지금 왜군은 그런 대비가 전혀 없었다.

한극함은 이혼에게 장창부대의 약점을 이미 들었던 터라, 정면으로 돌격하는 대신에 왼쪽으로 우회해 측면을 비스듬하게 찔러갔다.

칼로 빈틈이 드러난 왜군의 옆구리를 후려치니 괘갑을 이은 가죽 끈이 잘리며 피가 방울지어 떨어졌다. 한극함은 쓰러지는 왜군을 지나 깊숙이 들어가서는 어깨로 왜군 옆을 강하게 밀어붙였다.

다른 참모들이 합세하니 왜군 장창부대가 태풍에 휩쓸린 벼처럼 쓰러졌는데 수십 명이 쓰러지는 바람에 밟혀 죽는 자마저 생겼다.

한극함은 쓰러져 발버둥치는 왜군 가슴에 칼을 찔렀다.

푹!

날카롭게 갈아놓은 칼이 두부를 베듯 가슴을 헤집었다.

칼을 뽑은 한극함은 거친 숨을 토해내며 고개를 들었다.

참모장을 맡은 이래로 싸울 일이 거의 없어 체력이 금세 떨어졌다.

오랜만에 몸을 움직이니 팔다리의 근육이 살려 달라 비명을 질렀다.

한극함은 고개를 들어 주위를 살폈다.

참모들이 왜군 장창부대를 막아내어 한시름 놓았다.

여유를 찾은 한극함의 시선은 자연스럽게 이혼을 찾았다.

이혼은 다행히 무사했다.

따가운 햇살 아래 이혼이 큰 소리로 부하에게 지시를 내리고 있었다.

이 얼마나 당당한 모습인가?

조선의 이 세자는 위기에 처해서도 두려워하는 빛을 보이지 않았다.

한극함은 그를 따른 일에 후회가 전혀 없었다.

비록 시작은 미미했을지라도 그 끝은 창대하리라 믿었다.

아니, 확신했다.

그때였다.

뒤에서 은광 하나가 한극함의 그림자를 가르며 날아들었다.

"이런!"

한극함은 화들짝 놀라 급히 돌아섰다.

그러나 불행이도 은광이 한극함보다 한 발 빨랐다.

푹!

달군 부지깽이로 살을 저미는 것 같은 통증이 등 뒤에서 밀려왔다.

입을 악문 한극함은 천천히 돌아섰다.

두정갑을 찌른 창극이 옆으로 빠져나가며 피가 분수처럼 쏟아졌다.

창대 중간을 쥔 왜군 하나가 한극함을 보며 히죽 웃었다.

반쯤 잘려나간 왜군의 괘갑 앞에는 검붉은 피가 말라붙어있었다.

가슴의 상처가 커서 이미 과다출혈로 죽었어야하는 자였다.

죽었어도 열두 번은 죽었어야하는 자였다.

한데 귀신처럼 다시 일어나 한극함의 등에 치명적인 상처를 남겼다.

한극함은 부들부들 떨리는 손으로 칼을 힘차게 내리쳤다.

콰직!

왜군의 괘갑이 잘려나가며 목뼈 옆으로 피가 흘러내렸다.

그렇게 피를 흘리고도 더 흘릴 피가 남아있었던 모양이었다.

쿵!

목을 부여잡은 왜군은 그 자세 그대로 쓰러졌다.

이번 일격은 한극함 역시 남은 힘을 모두 쥐어짜낸 결과였다.

"헉헉."

거친 숨을 토해내던 한극함은 고개를 들어 하늘을 보았다.

"하늘이 노랗게 변한다는 말이 무슨 뜻인지 지금에서야 알게 되는군."

손과 발에서 힘이 빠져나가는 느낌이 들었다.

마치 생명의 기운이 몸에서 빠져나오는 듯했다.

비틀거리던 한극함은 누군가의 부축을 받았다.

고개를 돌린 한극함은 그게 이혼임을 알자 미소를 지었다.

정신이 없어 몰랐는데 그 주위에 이혼과 정탁, 유성룡 등이 있었다.

한극함은 꺼져가는 음성으로 간신히 입을 열었다.

"꼭 승리하십시오……."

"참모장!"

이혼이 불러보았으나 고개를 꺽은 한극함은 대답이 없었다.

지금까지 이혼을 잘 보좌해오던 참모장 한극함의 덧없는 최후였다.

2장. 대반격(大反擊)

NEO ALTERNATIVE HISTORY FICTION

2장. 대반격(大反擊)

한극함의 죽음과 함께 상황이 급변했다.

시마즈군을 허용했던 3연대와 항왜연대 1대대가 발목을 잡아끄는 왜군을 가까스로 떨쳐내곤 마침내 사령부의 구원에 나선 것이다.

예전에는 요시다라 불렸던 항왜연대 1대대장 길전은 마음이 급했다.

여기서 이혼이 잡히거나, 죽어버리면 그 역시 끝이었다.

길전은 웅태, 삼랑 등과 함께 구덕산을 정찰한 공로를 인정받아 이혼에게 보도 한 자루와 항왜연대 1대대장이라는 벼슬을 받았다.

한데 이혼이 전사하면 전투에서 살아남기 힘든 것은 당

연하거니와 그 동안 피땀 흘려 쌓은 공적마저 물거품으로 변할지 몰랐다.

길전은 아직 완전한 몸 상태가 아니었다.

구덕산 정찰 중에 발목을 접질려 통증이 남아있었다.

그러나 지금은 통증을 두려워할 때가 아니었다.

죽느냐, 사느냐가 모두 이혼의 생사에 달려있었다.

이혼에게 받은 왜도를 뽑음과 동시에 상체를 옆으로 틀었다.

길전의 가슴을 찔러오던 장창의 날이 허공을 치며 지나갔다.

길전은 팔뚝으로 창대를 밀어내며 왜도를 비스듬히 내리쳤다.

촤악!

왜도에 싹둑 잘려나간 팔뚝 두 개가 장창을 쥔 채 바닥에 떨어졌다.

"으아악!"

잘린 팔에서 피가 흐르는 것을 본 후에야 왜군은 비명을 질렀다.

비명을 지르는 왜군 목에 왜도를 휘두른 길전은 바로 머리를 숙였다.

쉭!

머리 위로 또 다른 장창이 매서운 바람을 일으키며 지나갔다.

길전은 그 틈에 빠르게 걸음을 옮기며 왜도를 위로 올려 쳤다.

턱부터 이마까지 한 번에 잘린 왜군이 얼굴을 부여잡고 비틀거렸다.

길전은 한 바퀴 돌아서며 왜도를 옆으로 휘둘렀다.

허리에 도상(刀傷)을 입은 왜군이 풀썩 앞으로 쓰러졌다.

길전은 이혼이 하사한 왜도에 힐끔 눈길을 주었다.

벌써 두 사람의 피를 머금었음에도 칼날은 여전히 광택을 발했다.

왜국의 영주 중 누가 쓰던 칼인지는 그도 몰랐다.

보도를 하사한 이혼도 전리품으로 챙겨왔을 뿐, 누군지 모를 것이다.

그러나 어쨌든 대단한 보도임에는 틀림없었다.

길전의 분전으로 항왜연대가 포위망을 뚫은 후 3연대장 조경이 지휘하는 3연대가 들어와 저항하는 시마즈군을 완전히 격멸하였다.

비록 한극함이 죽고 사령부가 포위당하는 등 한때 위험한 지경에 처했으나 사령부를 탈환한 후에는 다시 전선을 굳히기 시작했다.

사령부를 중심으로 벌어진 전투는 그 날 밤이 늦어서야 끝이 났다.

이제 사령부와 전선의 거리는 수십 미터였다.

왜군에게 전선을 돌파당하면 바로 사령부가 위험에 처했다.

참모장이 죽어가는 마당에 기다릴 여유가 더 이상은 없었다.

마침내 반격할 차례가 온 것이다.

한극함의 시신을 염해 직접 관에 안치한 이혼은 이장손을 불렀다.

"용란은 얼마나 만들었는가?"

"100개입니다."

"고분도리에 있는 용란을 각 포대에 나누어주게."

"그럼 내일입니까?"

이혼은 말없이 고개를 끄덕였다.

일어선 이장손은 급히 대장간이 있는 고분도리에 돌아가 그 동안 비축한 용란을 포병연대에 속한 각 포대에 골고루 나누어주었다.

이혼은 따로 포병연대장 장산호를 불렀다.

이 이틀 동안 포를 쏠 일이 없었던 포병연대 병사들은 보병처럼 창칼을 든 채 사령부를 공격해오는 왜군에 맞서 전투를 펼쳤다.

이혼은 장산호가 들어오기 무섭게 물었다.

"포병의 피해는 어떠하오?"

"주로 후방에 위치해 있던 덕분에 큰 피해는 없는 것으로 아옵니다."

"내일 오후에 반격할 계획이니 포병은 소룡포를 재배치해주시오. 연대장도 이미 알고 있겠지만 왜군은 소룡포 이동을 몰라야하오."

"여부가 있겠습니까."

대담한 장산호는 밤사이 고분도리에 숨겨두었던 소룡포 30문을 다시 전선 일선에 배치했는데 왜군 정탐병이 눈치채지 못하도록 소룡포를 실은 수레 위에 칼이나, 창과 같은 무기를 채워 넣었다.

소룡포 재배치는 다음 날 오전이 지나서야 끝이 났다.

반격을 위한 준비를 막 마쳤을 때였다.

몸이 달은 왜군은 오후부터 조선군을 매섭게 몰아쳤다.

조선군을 닥밭골 안에 몰아넣은 이상, 이제는 뜸들일 이유가 없었다.

왜군은 전과 같은 방법으로 공격해왔다.

대나무방패를 든 보병이 먼저 출발해 거리를 좁혀왔다.

조총이나, 화살을 막으려면 대나무방패가 커야 해서 몇 사람, 심지어는 수십 명의 병력을 작업에 동원해 사방에서 압박해 들어왔다.

예전의 조선군이라면 왜군의 대나무방패에 조총이나, 활을 쏘거나, 아니면 죽폭을 던져 시간을 조금이라도 지체하려 했을 것이다.

그러나 그렇게 해서 부술 수 있는 대나무방패는 소수였다.

물자가 부족한 마당에 헛심을 쓸 수는 없어 그냥 계속 지켜보았다.

왜군은 대나무방패를 앞세워 마을 안으로 손쉽게 들어왔다.

이제는 정말 조총을 쏘면 사령부가 있는 기와집에 맞을 지경이었다.

왜군 수뇌부는 어제 전투로 조선군에게 더 이상 포탄이 없다는 사실을 확신하는 듯했다. 포탄이 남아있었다면 사령부가 포위당해 세자의 목숨이 위험해지는 상황에서 사용하지 않았을 리 없었다.

심지어 어제 전투로 참모장 한극함이 죽었다고 하지 않은가.

왜군도 순왜나, 첩자 등을 통해 조선군의 편제를 파악한 지 오래였다.

조선군의 지휘를 조선의 세자 이혼이 한다는 정보는 기본이었으며 그 휘하에 있는 한극함, 정탁, 유경천, 정문부, 국경인 등에 대한 정보도 이미 파악해 타치바나 무네시게가 부상당한 유경천을 죽였을 때는 왜군 전체에 엄청난 환호성이 울렸을 지경이었다.

유경천은 왜군에게 지옥의 사신쯤으로 여겨졌는데 그런 유경천을 죽였으니 가뜩이나 무용으로 이름 높던 타치바나 무네시게는 아예 군신으로 떠받들어지며 왜군의 기대와 존경을 한 몸에 받았다.

더욱이 조선군 근위사단의 2인자라 봐도 무방한 한극함마저 전사했으니 왜군의 사기는 높아질 대로 높아져 내려올 줄을 몰랐다.

그런 한극함이 죽어가는 상황에서도 조선은 화포를 사용하지 않았다.

왜군 수뇌부는 어제 전투를 통해 조선군에 포탄이 없음을 확신했다.

대나무방패로 전선 가까이 진입한 왜군은 먼저 조총병을 보냈다.

타다닥!

조총병이 달려와 대나무방패 뒤에 몸을 숨겼다.

그리고 얼마 지나지 않아서 왜군의 총부리가 불을 뿜기 시작했다.

탕탕탕!

총성이 울릴 때마다 조선군 참호가 벌집으로 변했다.

거리가 가까워 힘을 잔뜩 머금은 조총의 탄환은 귀신보다 무서웠다.

각 연대장들은 교통호를 돌며 고함을 질렀다.

"머리를 내밀지 마라! 적 보병이 오기 전까지는 엄폐한 채 기다려라!"

열흘이 넘는 격전을 벌이는 동안, 연대장들은 대부분 목이 쉬었다.

그러나 목이 아프다고 지휘를 멈출 수는 없었다.

입에서 피가 흘러도 계속 소리를 지르며 경각심을 일깨웠다.

왜군은 조총사격과 함께 활을 쏘기 시작했다.

왜군이 사용하는 활은 조악해 조선군의 합성궁보다 좋지 않았다.

그러나 조총을 사용하기 전에는 활로 무장한 이 유미 아시가루부대가 원거리공격을 전담해 그 솜씨는 조선군 사수에 못지않았다.

더욱이 활은 어느 정도 곡사가 가능했다.

모래자루를 넘은 화살이 참호 안으로 빗발치듯 떨어졌다.

조선군 병사들은 방패로 머리를 대충 가린 채 죽은 듯이 웅크렸다.

"으아악!"

방패를 뚫은 화살 하나가 병사의 눈에 박혔다.

병사는 고통스러운 비명을 지르며 자리에서 몸을 일으켰다.

"안 돼!"

국경인이 급히 손을 뻗어보았으나 조금 늦었다.

탕탕탕!

일어난 병사는 왜군이 쏜 조총에 벌집으로 변했다.

참호 위에 쓰러진 병사를 끌어내린 국경인은 얼른 목에 손을 대었다.

그러나 맥이 빠르게 꺼져가는 중이었다.

후송해도 살기 어려웠다.

고개를 세차게 저은 국경인은 주위에 대고 고함을 질렀다.

"잘 봐둬라! 이게 너희들의 모습일 수 있다! 고통을 참으면 눈 하나, 다리 하나로 끝나지만 일어나면 이놈처럼 저승행인 것이다!"

국경인이 경고한 후에는 함부로 일어서는 병사는 없었다.

조선군이 거북이처럼 참호 안에 숨어 있는 동안.

왜군은 장창부대를 보내 백병전을 유도하기 시작했다.

함성을 지르며 달려온 장창부대가 창끝을 참호의 조선군에게 겨눴다.

"죽폭을 던져라!"

국경인의 지시에 병사들은 마지막 죽폭을 연달아 투척했다.

펑펑펑!

폭음이 일며 달려오던 왜군 장창부대가 사방으로 흩어졌다.

죽폭의 연기는 연막을 형성해 참호를 가려주었다.

다행히 바람이 참호방향으로 불어 왜군은 연기 속을 달려야했다.

연기 속을 돌파하는 순간.

조선군 조총부대의 조총 총구가 모습을 드러냈다.

아차하는 마음이 들 때, 총구가 연기를 피워 올리며 탄환을 쏘았다.

타타탕!

왜군 장창부대 앞 열이 철퍼덕 쓰러지며 두 번째 열이 드러났다.

조총 다음에는 화살이었다.

편전, 육량전 가릴 거 없이 조선군이 보유한 모든 화살이 날았다.

파팟!

장창부대 두 번째 열이 쓰러지며 세 번째 열이 드러났다.

그 사이, 할 일을 마친 조선군 포수와 사수는 뒤로 물러섰다.

포수와 살수가 떠난 자리에 살수가 들어와 왜군 장창부

대와 맞섰다.

조선군은 칼과 방패, 그리고 장창으로 왜군 장창부대에
반격했다.

푹!

왜군의 장창은 방패에 막히거나, 아니면 조선군 병사의
몸에 박혔다.

조선군 병사들은 두려움을 잊은 듯 악착같이 덤벼들었
다.

어차피 이제는 이판사판이었다.

자신의 몸에 박힌 창극을 손으로 당기더니 칼로 왜군의
목을 베었다.

조선군은 이제 고통을 느끼지 못하는 듯했다.

왜군 장창부대 선봉이 참호에 막혀 고전하는 사이.

왜군은 두 번째 장창부대를 보냈다.

이번에는 말을 탄 사무라이가 군데군데 섞여있어 그 위
력이 강했다.

두 번째 장창부대가 합류하니 조선군은 밀리기 시작했
다.

숫자가 너무 적었다.

항왜연대장 웅태가 왜군의 장창을 막으며 왜도로 다리
를 베어갔다.

"으아악!"

다리가 잘린 왜군이 바닥에 쓰러지며 비명을 질렀다.

웅태는 칼을 두 손으로 잡아 힘껏 찔렀다.

칼이 목에 박히며 왜군의 비명소리가 점차 잦아들었다.

칼을 비틀어 뽑은 웅태는 얼굴에 묻은 피를 닦아내며 옆을 보았다.

이미 참호 일부를 왜군이 점령한 상태였다.

항왜연대 병사들은 참호 앞과 교통호 양쪽에서 쏟아져 들어오는 왜군의 대부대에 협공당해 하나둘 피를 뿌리며 쓰러지고 있었다.

참호를 튀쳐나온 웅태가 주변에 소리쳤다.

"후퇴하라!"

소리친 웅태 역시 돌아서서 두 번째 참호로 달렸다.

항왜연대가 후퇴한 후 국경인의 5연대 역시 후퇴에 들어갔다.

후퇴하는 동안, 왜군이 쏜 탄환과 화살에 큰 피해를 입었지만 멈출 수는 없었다. 조금이라도 더 살리기 위해서는 계속 달려야만했다.

5연대가 후퇴한 후 1연대와 2연대, 3연대도 후퇴에 들어갔다.

이제 전선은 사령부가 있는 가옥과 2, 30미터 밖에 떨어지지 않았다.

마지막 남은 남쪽 전선에서는 치열한 공방전이 한창이

었다.

권율이 지휘하는 전라사단과 곽재우가 지휘하는 경상사단은 총사령관 우키타 히데이에가 직접 나선 병력을 상대로 분전을 펼쳤다.

권율 휘하에 있는 두 장수, 즉 황진과 김시민의 활약은 눈부셨다.

조총이나, 죽폭을 거의 사용하지 않은 채 두 배가 넘는 적에 맞서 한 치도 밀리지 않은 채 어제의 전선을 계속 사수 중에 있었다.

반면에 전라사단의 우측에 있던 경상사단은 상황이 급했다.

정인홍이 고향으로 돌아간 후 곽재우와 손인갑 두 명의 장수가 어떻게 해서든 막아보려 했으나 병력 차가 너무 커 방법이 없었다.

또, 고지전이나, 농성전에 참가한 경험이 있는 황진, 김시민과 달리, 곽재우와 손인갑의 부대는 야전에서 유격전을 하던 부대였다.

그런 부대가 참호격투에 익숙할 리 없었다.

사상자가 늘어나며 먼저 손인갑 쪽에 구멍이 뚫렸다.

손인갑은 목숨을 돌보지 않은 채 싸웠으나 중과부적으로 전사했다.

손인갑의 부대가 무너지는 순간.

우키타 히데이에의 부대가 두 갈래로 나뉘어 한 쪽은 옆에 있는 곽재우 부대를, 그리고 나머지 한 쪽은 사령부로 곧장 진격했다.

손인갑의 부대가 돌파 당했다는 사실은 곧장 사령부에 전해졌다.

이혼은 급히 한극함을 찾았다.

"참모장!"

그러나 이내 한극함이 전사했다는 사실을 깨달았다.

항상 근처에 있어서 옆에 없다는 게 좀처럼 실감이 나지 않았다.

한극함 대신에 정탁이 달려왔다.

"하명하십시오!"

"지금 지원 가능한 부대가 얼마나 있소?"

"항왜연대는 좌측에, 기병연대는 우측에, 유격연대는 전라사단을 지원 중이어서 손인갑의 부대를 지원할 병력은 현재 없습니다."

이혼은 작전지도를 펼쳐보다가 소리쳤다.

"아무래도 여기에 본부연대를 보내야겠소!"

"그럼 사령부의 호위와 지휘체계에 공백이 생깁니다."

"방법이 없소. 놈들이 위장해둔 포병을 눈치 채면 모든 게 허사요!"

"알겠습니다."

정탁은 본부연대장 정기룡을 불러 손인갑의 부대를 지원하게 하였다.

명을 받은 본부연대장 정기룡은 부하 수백을 먼저 이끌고 출발했다.

그 동안, 근위사단 본부연대장을 맡느라 싸울 기회가 적었던 정기룡은 단숨에 달려가 손인갑 부대의 잔병을 흡수하는 한편, 사령부로 달려드는 우키타 히데이에의 별동대를 막아내기 시작했다.

본부연대가 떠난 사령부는 빈자리가 많았다.

전투에 참가하지 않은 장교와 병사들이 두 배로 움직이며 빈자리를 메웠는데 지휘체계는 문제가 없었지만 호위에는 빈틈이 생겼다.

조선군의 우측을 공격하던 모리 테루모토는 조금 뒤로 빠져 당주로서 모리가문 전체를 지휘했다. 그 바람에 고바야카와 다카카게의 부대가 앞에 나서는 상황이 더 많았는데 고바야카와부대에는 왜군의 절대적인 신망을 받고 있는 타치바나 무네시게가 있었다.

반면, 고바야카와 다카카게의 동생임과 동시에 양자이며 모리 테루모토에게는 숙부가 되는 고바야카와 히데카네는 명성이 필요했다.

벽제관에서 양부 다카카게와 의형제 무네시게와 협력해 명의 대군을 저지하는 큰 공을 세웠지만 무네시게에 비해

군공이 떨어졌다.

임진왜란에서 쌓은 공은 고국에 돌아갔을 때 그의 지위와 직결되는 문제여서 조금 더 큰 영지를 위해서는 확실한 군공이 필요했다.

이에 히데카네는 조선군이 공격을 타치바나 무네시게에게 집중하는 틈을 이용해, 근위사단 1연대가 지키는 전선에 맹공을 가했다.

1연대는 유경천이 전사한 후 사기가 떨어진데다 임시로 연대장을 맡은 1연대 1대대장이 연대를 장악하기 전이어서 지휘가 제대로 통하지 않았다. 그 바람에 우왕좌왕하다가 마지막으로 정해둔 방어선이 뚫리며 사령부 오른쪽이 무방비상태에 놓이고 말았다.

1연대의 보고보다 적이 먼저 당도했다.

고바야카와 히데카네는 직접 별동대를 이끌고 사령부 급습에 나섰다.

콰앙!

뒷마당 담벼락이 무너지며 왜군이 뛰어들었다.

뒤를 경계하던 세자익위사 관원들은 뭘 어찌해볼 새도 없이 당했다.

익위사 관원들을 해치운 왜군은 본채 안으로 뛰어들었다.

그제야 적의 침입을 안 기영도가 김덕령에게 소리쳤다.

"내가 막아볼 테니 자넨 여기서 저하를 지켜드리게."

"알겠습니다. 여긴 걱정하지 마십시오."

대답하는 김덕령에게 기영도가 비장한 표정을 지었다.

"절대 저하를 잃어선 안 되네."

"알고 있습니다."

김덕령에게 한 번 더 당부한 기영도는 칼을 뽑아 뒤로 달려갔다.

집 옆에 길을 따라 만든 채소밭을 지나 옆으로 도는 순간.

쉬익!

왜군의 장창이 기영도의 얼굴을 곧장 찔러왔다.

기영도는 허리를 숙이며 앞으로 굴렀다.

장창은 기영도의 투구를 치며 허공으로 빗나갔다.

투구가 벗겨지며 산발로 변한 기영도가 칼로 하단을 곧장 베어갔다.

촤악!

무릎이 잘린 왜군이 볏단이 무너지듯 옆으로 넘어갔다.

기영도는 어깨를 틀며 칼을 앞으로 찔러갔다.

팔뚝의 갑옷이 잘리며 두정갑의 천 조각이 사방으로 날았다.

그러나 기영도를 찌른 왜군 장창병 역시 무사하지 못했다.

기영도가 찌른 칼이 목뼈를 관통했다.

칼을 뽑은 기영도는 사방에서 달려드는 창대를 보며 몸을 돌렸다.

도망치는지 알고 그를 쫓던 왜군은 갑자기 날아온 죽폭에 당했다.

펑하는 소리가 들리더니 왜군 장창병이 우르르 쓰러졌다.

세자익위사 50여 명은 몇 배에 이르는 적을 맞아 용감하게 싸웠다.

고바야카와 히데카네는 수백 명의 부하가 50명의 적에게 막혀 전진하지 못하는 모습을 보고 직접 부대 하나를 갈라 뒷문을 열었다.

뒷문 안에도 익위사 서너 명이 지키고 있었으나 히데카네의 가신들이 휘두른 칼과 창에 찔려 손 한 번 써보지 못하고 쓰러졌다.

손쉽게 뒷문을 돌파한 고바야카와 히데카네는 안채로 보이는 건물의 안방을 지나 앞을 가로막은 안방 문에 왜도를 힘차게 휘둘렀다.

왜도에 잘려나간 방문이 떨어지는 순간.

고개를 돌리는 조선 세자의 모습이 동공에 박혔다.

고바야카와 히데카네는 즉시 손짓으로 부하들에게 지시를 내렸다.

그 즉시 고바야카와 히데카네가 직접 선발한 정예부대가 세자를 잡기 위해 몸을 날렸다. 과연 정예부대다워 몸이 아주 재빨랐다.

"죽어라!"

왜군 가신이 찌른 장창이 조선 세자의 옆구리에 박히기 직전.

옆에서 날아든 칼 한 자루가 창대를 부수며 지나갔다.

왜군은 동강난 장창을 버리며 돌아섰지만 창을 자른 칼이 더 빨랐다.

촤악!

칼이 어깨부터 허리까지 단숨에 베어가니 피가 분수처럼 쏟아졌다.

왜군의 기습을 막은 사람은 바로 세자익위사 김덕령이었다.

김덕령은 이혼은 섬돌 밑으로 내보낸 다음, 동료들과 왜군을 막았다.

곧 사령부 전체에서 총성과 병기 부딪치는 소리가 들렸다.

이혼은 고개를 돌려 정탁을 보았다.

정탁 역시 마침 이혼을 보는 중이었다.

"어떻게 생각하십니까?"

"나는 지금이 그때라 생각하오."

"신 역시 같은 생각입니다."

정탁의 말에 고개를 끄덕인 이혼은 담담한 얼굴로 고개를 끄덕였다.

"시작하시오."

"예, 저하."

군례를 취한 정탁은 앞으로 달려가 큰 소리로 외쳤다.

"지금 시간부로 작전 천둥을 시작한다! 전령은 이를 속히 전파하라!"

그 순간, 전령들이 따라 복명했다.

"예!"

복명한 전령들은 이내 군마에 오르거나, 아니면 뛰어서 흩어졌다.

전령들은 매복해있는 포병부대에 먼저 명을 전파했다.

"작전 천둥 개시!"

"작전 천둥 개시!"

전령들의 전파가 끝나기 무섭게 포병연대 병사들은 감춰두었던 소룡포를 끌어냈다. 어제 밤새 작업해 땅을 파서 그 안에 숨겨두거나, 아니면 나무와 풀로 위장했다. 심지어 근처에 있는 집 안에 숨겨두기도 했는데 서른 문의 소룡포가 모두 모습을 드러냈다.

초탄의 종류는 어제 이미 전달받은 상태였다.

조란환 60발을 먼저 장전한 다음, 마지막에 철환을 장전했다.

철환은 용란과 달리 폭발하지 않는 고체형태의 재래식 포탄이었다.

용란은 안에 신관이 들어있어 조란환과 같이 발사할 경우, 포신 안에서 폭발할 위험이 아주 커 그 대신 철환을 사용하기로 하였다.

포병이 준비를 마쳤을 때 보병은 후퇴하며 왜군을 안으로 유인했다.

왜군은 조선군이 패해 도망치는지 알았다.

고바야카와 히데카네가 방어선을 돌파해 사령부를 공격 중이라는 소문마저 빠르게 퍼져 도망치는 조선군의 꽁무니에 바짝 붙었다.

고바야카와 히데카네가 모든 공을 독차지하기 전에 서둘러야했다.

이번 전투의 결과로 석고(石高) 수십 만 섬이 오가는 것이다.

석고는 왜국말로 고쿠다카라 하는데 영지의 쌀 생산량을 지칭했다.

어른 한 명이 1년에 먹는 쌀의 양을 왜국에서는 석(石)이라 불렀다.

1석은 어른 한 명이 먹는 쌀의 양이었다.

사실, 영지가 얼마나 넓은지는 중요하지 않았다.

영지가 크더라도 그게 모두 불모지라면 소용이 없었다.

반대로, 영지가 작더라도 옥토(沃土)라면 번성하는 게 상식이었다.

　그래서 영지 크기보다는 이 석고가 얼마나 큰지가 중요했다.

　석고가 크면 힘이 센 영주고 작으면 약한 영주였다.

　이 당시에 도요토미 히데요시는 220만석의 직할령을 가지고 있었다.

　또, 시간이 조금 지나서 세키가하라때는 동군 총대장 도쿠가와 이에야스는 255만석, 서군 총대장 모리 테루모토는 120만석이었다.

　당시 왜국의 총 석고가 천만이라 보았을 때 도쿠가와 이에야스가 그 4분의 1을 가진 셈이니 그야말로 엄청난 석고라 할 수 있었다.

　이번 전투에서 공을 세우면 도요토미 히데요시는 상으로 석고를 늘려줄 것이다. 그러나 반대로 공을 세우지 못하거나, 오히려 실책을 범한다면 오토모 요시무네처럼 영지를 빼앗길 수 있었다.

　왜국의 영주들은 조선 세자의 목을 치기 위해 경쟁하듯 달려들었다.

　그러나 그게 실책이었다.

　후퇴하던 조선군은 갑자기 멈춰서더니 견고한 방어진을 구축했다.

왜군은 여기서 살짝 불안감을 느꼈다.

본디 후퇴하는 군대치고 전열을 제대로 갖추는 군대가 거의 없었다.

오히려 맞붙어 싸울 때보다 도망칠 때 피해가 더 큰 경우가 많았다.

대승도 추격하는 적을 일방적으로 학살해 생기는 것이다.

한데 조선군은 후퇴를 멈춤과 동시에 반전하여 방어진을 구축했다.

왜군 선봉은 조선군이 던진 죽폭에 당해 널브러졌다.

눈치 빠른 영주 몇 명은 급히 부대를 그 자리에 멈추려고 하였다.

그러나 거대한 흐름을 일개 개인이 거스를 수는 없었다.

병사들을 지휘하는 가신들이 옆 부대와 보조를 맞춰주기 위해 앞으로 계속 가다보니 어느새 조선군의 방어진 앞에 다다라있었다.

그런 왜군을 가장 먼저 반긴 사람은 조선군의 사수들이었다.

쉬이익!

화살이 날며 또 한 번 왜군 진열에 구멍이 뚫렸다.

가까운 거리에서 쏜 화살은 조총에 못지않아 갑옷을 파고들었다.

왜군은 비온 뒤의 꽃잎처럼 사방으로 나뒹굴었다.

사수를 뒤로 물린 조선군은 그 자리에 포수를 배치했다.

탕탕탕!

조총의 총성이 울리며 왜군은 다시 한 번 바닥을 굴렀다.

흑색화약의 연기가 안개처럼 퍼져 적과 아군을 동시에 집어삼켰다.

왜군 수뇌부는 당황했다.

공격을 해야 하는지, 아니면 물러서야하는지 갈피를 잡지 못했다.

그때였다.

북쪽에서 불어온 바람에 의해 연기가 걷히는 순간.

그 동안 거의 등장하지 않았던 화차가 불을 뿜기 시작했다.

10여 대의 화차가 산탄총처럼 작은 쇠구슬을 사방에 난사하였다.

"으아악!"

"크아악!"

여기저기서 비명이 울리며 피와 살점이 소나기처럼 튀었다.

왜군은 그제야 조선군의 의도를 알아챘다.

깊숙이 끌어들인 후 한 번에 끝장을 보려는 게 틀림없었다.

왜군 수뇌부는 재빨리 후퇴를 명했다.

이미 조선군 방어진 앞에 다다랐던 왜군은 거의 전멸한 거와 같았다.

닥밭골과 거리가 먼 부대부터 차례대로 퇴각을 시작했다.

후방부대가 퇴각을 막 시작하려는 순간.

도망치는 왜군 뒤로 포신이 모습을 드러냈다.

바로 소룡포였다.

한극함을 잃어가면서까지 지키던 소룡포가 마침내 출격한 것이다.

"방포하라!"

명이 떨어지기 무섭게 소룡포 서른 문이 일제히 불을 뿜었다.

펑!

포성과 함께 날아간 철환이 먼저 도망치는 왜군 가운데를 갈랐다.

용란처럼 폭발하지는 않지만 앞에 있던 10여 명을 휩쓸었다.

또, 마치 물수제비를 하듯 통통 튀며 날아가 주위를 초토화하였다.

이는 시작에 불과할 뿐이었다.

파파팍!

철환 뒤에 쏟아져 나온 조란환 수백 발이 근접공격을 가했다.

운 좋게 철환을 피한 왜군들은 이 조란환에 맞아 바닥을 뒹굴었다.

조란환이 철환보다 작다고 얕볼 게 아니었다.

쇳덩이에 맞으면 팔과 다리, 머리를 가리지 않고 찢겨나갔다.

1차 포격을 마친 소룡포 서른 문은 바로 재장전에 들어갔다.

두 번째 포탄은 그 동안 병기과가 밤을 새워가며 만든 용란이었다.

포병의 손길은 물 흐르듯이 자연스러웠다.

보병부대는 들고 나가는 사람의 숫자가 많은 편이었다.

죽기도 하고 다치기도 해서 보충병을 받아 그 수를 채워와 손발을 맞추기 위해서는 시간이 필요한 반면에 포병연대는 창설 초기부터 같은 포대원들이 계속 함께 해 이미 숙달을 마친 상태였다.

사용한 포신을 청소하는 병사, 포신에 장약과 용란을 장전하는 병사, 약선혈에 점화용 화약을 붓는 병사가 모두 정해져 있었다.

병사들은 자기 할 일을 마치면 뒤로 가서 대기했다.

장전상태를 확인하는 임무는 각 포를 지휘하는 포반장의 몫이었다.

포반장은 장전상태를 확인한 후 손에 든 점화봉으로 불을 붙였다.

치익!

약선혈에 물려둔 심지가 타며 하얀 연기를 피워 올렸다.

삼베로 만든 끈에 염초를 절여두어서 화약연기가 올라왔다.

약선혈의 심지가 다 타는 순간.

심지의 불꽃이 약실의 화약에 불을 붙였다.

그리고 그 불꽃은 포신 안에 뚫려있는 길을 따라 앞으로 달려갔다.

만약, 약실의 불꽃이 포신 앞으로 가지 못하면 불발이었다.

다행히 지금은 포신에 있는 장약에 불을 붙이는데 성공했다.

장약이 타며 엄청난 양의 가스를 배출함과 동시에 용란이 날았다.

콰콰콰쾅!

용란이 떨어지는 곳마다 폭발이 크게 일며 흙이 비산했다.

그렇게 네 차례에 걸쳐 100여발의 용란을 발사했을 때 왜군은 엄청난 피해를 입은 채 가까스로 전열을 수습해 퇴각을 서둘렀다.

너무 가까이 접근한 나머지 왜군 본대가 포격을 고스란히 다 받았다.

한편, 1연대를 돌파해 사령부를 공격하던 고바야카와 히데카네는 익위사의 결사적인 저항에 막혀 오도 가도 못하는 상황이었다.

김덕령과 기영도 두 명이 지휘하는 익위사는 몇 배에 이르는 적을 상대로 버티며 원군이 오길 기다렸다. 넓은 평지였다면 익위사가 훨씬 불리했을 테지만 좁은 사령부에서의 전투는 오히려 소수 정예인 익위사에 유리해 수가 적은데서 오는 불리함을 극복했다.

그리고 마침내 기다리던 원군이 도착했다.

기적적으로 전열을 수습하는데 성공한 1연대가 복귀해 고바야카와 히데카네가 지휘하는 별동대 후방을 급습하기 시작한 것이다.

유경천이 없다고는 하지만 병사들은 역전의 용사였다.

항상 최 일선에서 전투를 치러온 그들이었기에 전투 중에 전열을 수습해 고바야카와 히데카네의 별동대를 기습하는 성과를 올렸다.

고바야카와 히데카네는 틀렸음을 직감했다.

기습이 실패로 돌아간 이상, 오히려 그들이 포위당할 위험이 있어 퇴각을 서두르려는데 뒷문이 날아가며 익위사 관원들이 나타났다.

　마치 지금까지 당한 걸 돌려주려는 생각인지 맹렬히 부딪쳐왔다.

　그 중에서도 눈에 띄는 관원이 한 사람 있었는데 나이는 서른 안팎으로 보였다. 그는 허리가 잘록한 대신에 어깨는 떡 벌어져있었으며 무거운 두정갑을 입고서도 입지 않은 거처럼 움직였다.

　바로 김덕령이었다.

　김덕령은 칼을 번개같이 휘둘러 왜군을 수수 베듯 쉽게 베어 넘겼다.

　그의 칼을 받아내는 왜군은 거의 없었다.

　힘과 속도 양 면에서 상대를 압도하는 것이다.

　힘으로 맞서오는 자는 힘으로 눌러버렸다.

　그리고 속도로 공격해오는 자는 더 빠르게 칼을 휘둘러 쓰러트렸다.

　이는 실로 대단한 재능이었다.

　모름지기 덩치가 크면 힘이 좋은 대신에 민첩성은 현격히 떨어졌다.

　반면, 덩치가 작으면 힘은 떨어지는 대신에 민첩성은 아주 뛰어났다.

한데 김덕령은 힘과 민첩성 양쪽에서 모두 군계일학이었다.

아무리 수십 번의 전투를 통해 실전감각을 가진 왜군이라 해도 타고난 재능 앞에선 위력을 발휘하지 못해 속수무책으로 무너졌다.

여유가 생긴 김덕령은 고개를 들어 전방을 살폈다.

뒤에 있던 왜장이 후퇴하는 듯 왜군들이 몸을 돌려 도망쳤다.

"너희들은 도망치는 왜놈들을 맡아라! 나는 왜장을 바로 쫓아가겠다!"

소리친 김덕령은 왜군이 잃어버린 군마에 뛰어올라 고삐를 쥐었다.

"이랴!"

발로 배를 차니 군마가 쏜살같이 달려갔다.

다행히 오래 달릴 필요는 없었다.

1연대에 퇴로가 막힌 고바야카와 히데카네는 고전을 하는 중이었다.

김덕령은 말배를 연신 차며 속도를 높였다.

주변 풍경이 길게 늘어지는 거처럼 보이는 순간.

팟!

양 옆에서 고바야카와 히데카네의 가신들이 창을 찔러왔다.

김덕령은 허리를 숙여 피했다.

말의 속도가 워낙 빨라 그를 공격했던 가신들은 벌써 뒤처져 버렸다.

고바야카와 히데카네의 가신들은 주군의 퇴로를 뚫느라 정신없었다.

그러니 뒤를 기습해온 김덕령을 알아채는 데는 시간이 필요했다.

김덕령은 거의 무방비에 가까운 가신들을 베어내며 고바야카와 히데카네에게 접근해 들어갔다. 그서야 김덕령의 존재를 눈치 챈 왜군은 말머리와 창머리를 급히 돌려서 김덕령을 공격해왔다.

김덕령은 말을 어지럽게 몰아 왜군의 공격을 요리조리 피해갔다.

그렇다고 계속 피할 수만은 없어 간간히 공격을 가했는데 그때마다 피가 튀며 왜군이 한명씩 쓰러졌다. 몇 분이 지난 후에는 익위사의 관원들이 도망치는 왜군을 추격하며 도착해 힘을 더했다.

앞에서는 1연대가, 뒤에서는 익위사가 몰아치니 쳐들어올 때의 기세는 어디로 갔는지 사라지고 당황한 모습의 왜군만 눈에 보였다.

왜군의 강력한 저항에 밀려 뒤로 물러났던 김덕령이 다시 돌파했다.

좌악!

칼을 휘두르니 고바야카와 히데카네의 시동이 목에서 피를 흘렸다.

시동이라곤 하나 관례를 올리기 전이어서 머리만 깍지 않았을 뿐이지, 가신과 별다를 점이 없어 사방에서 맹렬한 공격을 가했다.

시즈카다케전투에서 활약하여 칠본창이라는 명성을 얻은 후쿠시마 마사노리, 가토 기요마사, 가토 요시아키 모두 당시에는 근위시동의 자격으로 참가해 공을 세우며 현재의 위치에 오른 것이다.

근위시동의 임무는 두 가지였다.

하나는 영주 옆에서 시중을 드는 일이었다.

물론, 단순히 시중만 들지는 아니었다.

당시에 남색(男色)하는 영주들이 많아 밤 시중을 드는 일이 잦았다.

그리고 다른 하나는 목숨을 바쳐 영주를 지키는 일이었다.

지금도 주군을 지키기 위해 자기 목숨을 희생했다.

김덕령은 근위시동의 결사적인 저항에 막혀 다시 밀려나왔다.

그러나 포기하지 않았다.

김덕령은 세 번째로 달려들어 칼을 휘둘렀다.

어제 밤에 날을 갈아둔 칼이 오늘 하루의 전투로 이미 이가 빠졌다.

사람의 살을 베는 일보다 갑옷을 베는 일이 더 많아서였다.

무장이 약한 군대가 패하는 데는 이처럼 무기의 질도 관계가 있었다.

칼을 버린 김덕령은 부하가 준 창과 철퇴를 받아 다시 뛰어들었다.

그가 뛰어들자마자 여기저기서 칼과 창이 날아들었다.

김덕령은 말 위에서 춤을 추듯 상체를 움직여 공격을 피했다.

피하지 못한 칼과 창은 두정갑의 뛰어난 방어력으로 버텼다.

불편을 감수하면서까지 갑옷을 입는 이유가 바로 이 점에 있었다.

촤악!

허벅지를 보호하는 두정갑의 치마부분이 날아가며 철판이 드러났다.

두정갑을 겉에서 보면 두꺼운 가죽외투를 입고 있는 듯했다.

그러나 안에는 철판을 붙여 가죽과 함께 이중으로 몸을 지켜주었다.

두정갑 밖에 드러나 있는 리벳은 안감에 철판을 덧댄 흔적이었다.

푹!

힘껏 찌른 창이 근위시동의 가슴을 단숨에 꿰뚫었다.

김덕령은 창을 뽑을 새가 없어 바로 버린 후 철퇴를 들었다.

갑옷을 입은 적을 타격하는 데는 도검보다 이런 중병기가 더 나았다.

다른 익위사가 근위시동을 쓰러트리니 마침내 고바야카와 히데카네 모습이 드러났다. 고바야카와 히데카네는 화려한 투구와 갑옷으로 무장했으며 그 옆에는 우마지루시가 있어 착각할 리 없었다.

"이랴!"

말배를 찬 김덕령은 달려가는 기세 그대로 철퇴를 휘둘렀다.

고바야카와 히데카네는 돌아서다가 김덕령을 보았는지 허릴 숙였다.

콰직!

고바야카와 히데카네를 비껴간 철퇴가 우마지루시 창대를 부셨다.

김덕령은 재빨리 몸을 뒤로 젖혔다.

언제 뽑아들었는지 고바야카와 히데카네의 왜도가 머리

위를 지났다.

보도(寶刀)인지 투구 위에 달린 장식 술이 뎅강 잘려나갔다.

다시 상체를 세운 김덕령은 철퇴를 말머리에 내리쳤다.

콰직!

몸은 피할 수 있어도 말은 마음대로 하지 못했다.

말의 눈알이 튀어나오며 피가 사방으로 튀었다.

이히힝!

타격이 조금 약했는지 고바야카와 히데카네의 말은 쓰러지지 않았다.

그러나 그거면 충분했다.

말이 날뛰는 바람에 고바야카와 히데카네는 결국 떨어지고 말았다.

재빨리 고삐를 채 방향을 바꾼 김덕령은 달려가며 철퇴를 휘둘렀다.

급히 일어서던 고바야카와 히데카네의 볼이 씰룩거렸다.

콰지직!

얼굴에 철퇴를 정통으로 맞은 고바야카와 히데카네는 몇 미터 굴러가서는 움직임을 멈추었다. 뇌수가 보일 만큼 강한 일격이었다.

지독하게 따라붙어 결국 사령부를 공격해 이혼을 위험

에 빠트렸던 고바야카와 히데카네에게 복수한 김덕령은
두 팔을 번쩍 들었다.

"와아아!"

주위에 있던 익위사 관원들이 목이 터져라 함성을 질렀
다.

3장. 부산대첩(釜山大捷)

光海錄

3장. 부산대첩(釜山大捷)

세자익위사와 1연대의 협공으로 고바야카와 히데카네의 무시무시했던 돌격을 허무하게 막을 내리며 전선은 다시 안정화를 찾았다.

그때, 사령부의 전령이 사방을 돌며 소리쳤다.

"천둥작전을 개시하니 모두 후퇴하시오!"

그 소리에 김덕령은 얼른 사령부로 회군했으며 1연대는 전선을 뒤로 후퇴시켰다. 죽은 고바야카와 히데카네의 시신은 근처에 있던 왜군 잔병들이 대충 수습하여 고바야카와군 본대로 가져갔다.

히데카네의 전사소식에 고바야카와 다카카게는 물론이고 그의 의형제인 타치바나 무네시게, 그리고 모리가 당주인 모리 테루모토 등이 모두 분노해 이를 갈며 조선군에 맹공을 가하기 시작했다.

모리 모토나리의 아들인 고바야카와 히데카네는 고바야카와 다카카게의 동생임과 동시에 양자였으며 모리 테루모토에겐 숙부였다.

가문의 중요한 일족을 잃어 분노한 모리군의 공세는 아주 매서웠다.

더구나 조선군이 돌연 전선을 물려 사령부로 후퇴하기 시작했다.

이에 기세가 더 오른 모리군은 사방에서 사령부를 압박해 들어갔다.

선봉을 이끄는 이는 놀랍게도 고바야카와 다카카게였다.

원래 고바야카와 다카카게정도 되는 위치의 인물이라면 뒤에서 군을 지휘하는 역할이지, 앞에서 가신과 병사를 독려하지 않았다.

한데 지금은 달랐다.

자식이 없어 양자로 받은 어린 동생을 잃은 것이다.

고바야카와 히데카네는 선친 모리 모토나리가 일흔이 넘어서 얻은 귀한 아들로 비록 태어난 어미는 서로 다르지만 막냇동생이었다.

양자와 동생을 동시에 잃은 고바야카와 다카카게는 몹시 흥분했다.

그에게서는 좀처럼 볼 수 없는 모습이었다.

고바야카와 다카카게는 선두에 나서 공격을 재촉했다.

이에 걱정한 모리 테루모토가 가신을 보내 뒤로 물러날 것을 청했다.

모리 테루모토의 아버지 모리 타카모토가 요절한 후 그의 양육을 담당한 사람은 둘째 숙부 고바야카와 다카카게였다. 둘이 있을 때는 당주와 방계 수장이라는 신분에 상관없이 숙부의 자격으로 엄히 혼내기도 했지만 공식 석상에서는 조카를 깍듯하게 모셨다.

그게 깃카와, 고바야카와로 분리된 모리가문을 유지하는 비결이었다.

한데 오늘은 전투 중에 당주의 명조차 거부했다.

고바야카와 다카카게는 도망치는 조선군을 쫓아 깊숙이 들어갔다.

모리 테루모토는 하는 수 없이 숙부 모리 모토키요와 종형제 깃카와 히로이에를 보내 고바야카와 다카카게를 뒤에서 돕도록 하였다.

모리 모토키요와 깃카와 히로이에는 모리 테루모토를 대신해서 모리가문 본대와 별동대를 지휘하던 인물로 병력이 수천에 달했다.

거기에 고바야카와군마저 합류하니 1만이 넘는 병력이었다.

그런 병력이 분노에 휩싸여 1연대와 2연대가 방어하는 우측 전선을 맹렬하게 공격하니 전선은 단숨에 무너질 듯 위태로워보였다.

그때, 전황이 순식간에 바뀌었다.

조선군은 그 동안 꽁꽁 감춰두었던 소룡포를 꺼내 포격을 시작했다.

10문의 소룡포가 동시에 철환과 조란환 수천 발을 쏟아냈다.

그 결과, 사령부를 공격하던 고바야카와군 전열이 전멸했다.

거기에 더해 측면을 지원하던 모리 모토키요는 화차로 발사한 탄환에 맞았다. 중신들이 급히 뒤로 후송을 보냈지만 도중에 숨졌다.

조선군은 그 동안 아껴두었던 화기를 총동원해왔다.

이를 본 깃카와 히로이에는 상황이 이상하게 돌아감을 직감했다.

도망치던 조선군이 갑자기 소룡포 포격과 함께 돌아서기 시작했다.

그러고 나선 조총과 활로 맹 반격을 해왔다.

깃카와 히로이에는 말을 몰아 숙부 고바야카와 다카카게에게 달렸다.

고바야카와 다카카게는 여전히 퇴각하지 않은 채 말 위

에 앉아 노한 음성으로 부하들에게 계속 공격해 적을 쓰러
트릴 것을 명했다.

그때, 하늘에서 용란이 날아와 고바야카와 다카카게 옆
에 떨어졌다.

콰앙!

엄청난 폭음과 함께 흙이 사방으로 비산했다.

후두둑 떨어지는 흙과 돌에 놀란 군마가 미친 듯이 날뛰
었다.

여러 전쟁터를 거치며 전투에 익숙해진 군마도 눈앞에
서 터지는 용란의 위력은 감당하지 못해 깃카와 히로이에
를 떨어트려버렸다.

바닥을 구른 깃카와 히로이에는 옆에 있던 중신들의 부
축을 받아 일어났는데 흙먼지가 가라앉으며 드러난 참상
에 말을 잇지 못했다.

고바야카와 다카카게가 있던 자리에는 구덩이가 파여
있었다.

구덩이 주위에는 팔다리가 잘린 병사들이 비명을 지르
며 쓰러져있었다. 그러나 비명을 지를 수 몸이라는 거 자
체가 행운이었다.

그들이 살아남았다는 증거였다.

그 중 많은 수가 후송 중이나, 치료 중에 유명을 달리하
겠지만 어쨌든 용란에 직격을 당하고도 살아남은 운 좋은

병사들인 것이다.

"숙부님!"

깃카와 히로이에는 앞으로 달려갔다.

흙과 돌맹이를 치우니 얼굴이 하얗게 질린 고바야카와 다카카게의 머리가 보였다. 깃카와 히로이에는 그의 상처를 재빨리 살폈다.

용란 안에서 튀어나온 쇠구슬이 가슴과 배에 세 개나 박혀 있었다.

"쿨럭!"

피를 토한 고바야카와 다카카게는 깃카와 히로이에를 보았다.

"히로이에냐?"

"예, 숙부. 히로이에입니다."

"흐음, 결국 이렇게 되었구나."

"안심하십시오. 곧 후방으로 모셔서 치료해드리겠습니다."

깃카와 히로이에의 말에도 고바야카와 다카카게는 고개를 저었다.

"아니다. 나는 이미 끝났으니 부하들이나 후송해라."

흐려진 시선으로 하늘을 보던 고바야카와 다카카게가 미소를 지었다.

"아버지와 첫째형님, 둘째형님이 나를 맞으러오셨구나."

그 말을 끝으로 고바야카와 다카카게는 눈을 감았다.

모리가를 받치던 모리료센 중 홀로 남은 고바야카와 다카카게의 죽음이었다. 모리료센 중 다른 한 명인 깃카와 모토하루, 즉 깃카와 히로이에의 부친은 임진왜란이 벌어지기 몇 년 전에 죽었다.

가신들이 달려와 고바야카와 다카카게의 시신을 바람막이에 감쌌다.

용란포격을 마친 조선군 본대가 내려오고 있어 빨리 피해야했다.

그렇지 않으면 시신을 조선군에게 빼앗길 위험이 있었다.

조선군은 깊숙이 끌어들인 왜군을 용란으로 무차별 포격한 후에 반전하여 밀고 내려오기 시작했다. 마치 제방이 터진듯하여 도망치던 왜군은 큰 피해를 입은 채 사방으로 흩어지기 시작했다.

후퇴하던 왜군은 소룡포의 사정거리에서 간신히 벗어나 새로운 전선을 구축하려 하였다. 한데 불행은 혼자 오지 않는다고 하던가.

왜군 후방에 부대 하나가 나타났다.

처음에는 왜군 약탈부대인 줄 알았는데 다시 보니 아니었다.

깃발에 조선이라 적힌 깃발 수백여 개가 바람에 세차게 펄럭였다.

새롭게 나타난 부대 앞에는 기병 수백여 명이 있었는데 그 중 제일 앞에 있는 사람은 바로 도망쳤다고 생각했던 정인홍이었다.

대패한 일에 책임을 지고 사임했거나, 아니면 면목이 없어 도망친 거라 생각했는데 의병을 다시 모으기 위해 그러했던 모양이었다.

정인홍은 칼을 뽑으며 외쳤다.

"쳐라!"

그 즉시, 기병을 선두로 수천 의병이 언덕을 내려가 돌격했다.

앞뒤 양쪽에서 적을 맞은 왜군은 그야말로 엎친 데 덮친 격이었다.

전장은 순식간에 아수라장으로 변했다.

왜장들이 아무리 애써 보아도 급습에 한 번 무너지기 시작한 부대는 사방으로 흩어지기만 할 뿐, 제대로 된 싸움을 하지 못했다.

도망치다가 자기들끼리 밟혀 죽는 이가 수백일 지경이었다.

정인홍이 북쪽에서 내려올 때, 남쪽에서는 이순신의 상륙부대가 상륙해 올라왔다. 그리고 당연히 선봉은 방덕룡의 해병대가 맡았다.

방덕룡의 해병대는 도망치던 우키타 히데이에의 본대를

급습해 엄청난 피해를 입혔으며 우키타가 자랑하던 가신 수십을 격살했다.

사령부로 보고가 속속 들어왔다.

"1연대와 2연대가 모리군을 추격 중입니다!"

"3연대는 호소카와 다다오키를 격퇴했습니다!"

"5연대는 시마즈 요시히로 부대를 공격하는 중입니다!"

"경상사단과 전라사단은 우키타 히데이에 부대를 양쪽에서 협공해 부산포로 밀어내는 중입니다! 곧 후속 보고가 뒤따를 것입니다!"

이혼은 지도에 시선을 주었다.

보고가 오는 대로 지도에 있던 부대 표시가 빠르게 바뀌었다.

아군은 흰색, 적은 붉은색이었다.

사령부로 후퇴하던 각 부대는 현재 붉은색의 적을 밀어내며 사방으로 밀어내는 중이었다. 벌써 처음에 쌓은 임시 성채를 돌파했다.

두 번째 들어온 보고에 사령부에 있는 모든 장교와 병사가 환호성을 질렀다. 그 만큼 전혀 생각하지 못했던 지원군의 등장이었다.

바로 정인홍의 의병과 수군의 해병대병력이었다.

"기뻐하십시오! 정인홍장군의 의병이 1, 2연대와 합세

한 후에 모리가의 군대를 양쪽에서 협공해 벌써 상당한 전과를 올렸다고 합니다!"

이어 들려온 소식은 더 훌륭했다.

"이순신장군의 수군병력 중에 해병대를 포함한 육상병력 수천이 봉화산(峰火山) 해안가에 상륙해 천마산을 수중에 넣었습니다!"

천마산은 우키타 히데이에게 지키던 산이었다.

천마산을 점령한 방덕룡의 해병대는 전라사단과 경상사단에 쫓겨 천마산으로 도망쳐오던 우키타 히데이에의 군대를 쳐내려가 그야말로 엄청난 전과를 올렸는데 시신이 언덕을 이룰 지경이었다.

이혼의 시선이 빠르게 지도 위를 왕복했다.

"1연대는 구봉산, 2연대는 엄광산, 3연대는 시약산, 5연대는 구덕산, 전라사단과 경상사단은 천마산을 점령토록 하시오. 그리고 정인홍의 의병과 방덕룡의 해병대는 도망치는 왜군을 쫓게 하시오. 정신없게 만들어 보병연대가 산을 점령할 시간을 벌어야하오."

"예, 저하."

대답한 전령 수십 명이 사방으로 흩어졌다.

이혼은 이어서 바로 추가명령을 하달했다.

"예비로 대기하던 기병연대를 주력으로 하여 항왜연대, 유격연대는 바로 남진하여 부산포를 손에 넣도록 하시오.

또, 수군에게 연락하여 부산포에서 도망치는 왜군의 전선을 수장시키도록 하시오."

"예, 저하."

또 한 번 전령들이 사방으로 흩어졌다.

명령을 내린 후 이혼은 다리에 힘이 풀린 듯 의자에 걸터앉았다.

한편, 가덕도에 대기하다가 다대포(多大浦)로 이동한 조선군 수군함대는 척후를 내보내 육지전투의 상황을 매일 알아보는 중이었다.

조선군의 주력 전선, 판옥선은 노를 젓는 격군을 포함해 거의 100명에 가까운 승선인원이 필요했다. 돛을 동력으로 삼는 서양의 카락이나, 캐러밸 등에 비해 훨씬 많은 승선인원이 필요한 것이다.

그래서 물자보급 및 휴식을 위해 자주 뭍에 상륙해야하는데 이러면 해역 방어에 빈틈이 새겨 이순신은 번갈아가며 순시하게 하였다.

전라수사 이억기가 지휘하는 전라수군과 경상수사로 새로 임명을 받은 이운룡의 경상수군이 돌아가면서 다대포 앞을 순시하였다.

전라수군은 이순신과 이억기 두 명의 수사가 기존에 있던 전선을 잘 보존한데다 추가건조를 꾸준히 하여 전선이 100척에 이르렀다.

반면, 경상수군은 박홍과 원균이 왜란 초기에 대패하거나, 아니면 함대를 자침시키는 바람에 전선을 다 모아도 10척이 넘지 않았다.

통제사 이순신은 전라수군이 보유한 전선 30척을 우선 경상수군 휘하에 배치하여 거의 붕괴수준이던 경상수군을 바로 재건했다.

그런 경상수군을 이끌 경상수사에는 이운룡을 임명했다.

이운룡은 우치적, 이영남, 방덕룡과 함께 원균 밑에 있던 장수였다.

원균이 이혼의 처사에 불만을 품어 함대를 무단이탈할 때 그들 네 명을 불러 같이 떠날 것을 종용했으나 그들은 떠나지 않았다.

이순신은 그런 네 명의 기를 한껏 살려주는 한편, 원균이 떠나버림으로 해서 불안에 떠는 경상수군 병사들을 안심시키기 위해 옥포만호 이운룡을 경상수사로 임명하는 파격적인 인사를 단행했다.

경상수군이 부산포의 왜국 수군을 경계할 목적으로 다대포 앞바다를 순시하는 사이, 경상수사 이운룡과 임무를 교대한 전라수사 이억기는 통제사 이순신과 향후 작전에 대한 상의를 하였다.

마침 육지에 파견한 세작들이 부산에 있는 왜군의 정보

를 가져왔다.

보고를 듣던 이순신은 눈을 감은 채 별 다른 말이 없었
다.

반면, 이억기는 눈을 동그랗게 뜬 채 믿지 못하는 표정
이었다.

"그게 정말 사실이냐?"

세작 중 나이가 가장 많은 중노인이 머리를 숙이며 대답
했다.

"소인들이 두, 세 번에 걸쳐 조사한 내용이니 틀림이 없
사옵니다."

이억기가 손을 흔들었다.

"흠, 알았다. 너희들은 잠시 쉬었다가 내일 아침에 떠나
도록 하여라."

"예, 나리."

세작들이 물러간 후 이억기는 말이 없는 이순신에게 물
었다.

"세작들이 조사한 내용이 틀린 게 아닐는지요?"

눈을 뜬 이순신은 고개를 한차례 가로저었다.

"아니오. 나는 그들이 옳게 보았다고 보오."

"어찌 그리 생각하십니까? 농성하는 게 훨씬 편하지 않
습니까? 더욱이 저들이 시간을 끌 요량이면 농성하는 게
백 번 나을 겁니다."

이억기는 왜군이 그 동안 조선과 명의 연합군에 대비하여 공을 들여 건축한 왜성을 버리고 밖으로 나와 구덕산, 시약산, 구봉산, 엄광산, 천마산에 진채를 내린 게 이해가 가지 않는 표정이었다.

이순신은 이억기에게 되물었다.

"가덕도에서 왜국 수군을 쳐부술 때 용란의 위력을 확인하지 않았소?"

이억기가 그게 무슨 소리냐는 얼굴로 물었다.

"확인했지요. 한데 그게 무슨 상관이랍니까?"

"그런 포탄이 우리에게 있는데 왜군이 어찌 성을 베개 삼아 싸울 생각을 하겠소. 오히려 공간이 협소해 큰 피해를 입을 것이오."

이억기의 목소리가 커졌다.

"그럼 야전으로 나온 게 더 이득이라는 말씀입니까?"

"그렇소."

대답한 이순신은 지도를 가져와 왜군이 진채를 내린 걸로 보이는 구덕산과 시약산, 구봉산, 엄광산, 천마산을 차례대로 가리켰다.

"보시오. 왜군은 상륙거점인 이 부산포를 둥그렇게 방어하고 있소. 만약, 육군이 부산포를 치기 위해서는 구덕산과 시약산이 있는 좌측과 구봉산과 엄광산이 있는 우측 사이를 통과해야하는데 아무리 강력한 화포가 있어도 결코 쉽지 않은 일일 것이오. 또, 부산포 뒤에는 천마산마저 있으니 여러모로 힘든 걸음일 것이오."

이억기의 손가락이 구덕산을 가리켰다.

"산을 일일이 점령해가며 남진하는 방법이 있지 않습니까?"

이순신은 고개를 저었다.

"이제 곧 장마요."

"아!"

"장마가 오면 활은 아교가 풀어져 쓸 수 없고 화포나, 조총도 사용이 힘들어지오. 다시 말해 왜군이 원하는 장기전이 되는 것이오."

이억기는 미간을 찡그렸다.

"통제사의 말씀대로라며 육군은 방법이 없는 게 아닙니까?"

잠시 생각하던 이순신은 심호흡을 하였다.

"하나 있소. 방법이."

"오, 그게 무엇입니까?"

이순신은 지도 위에서 아군 육군을 상징하는 목마(木馬) 전부를 구덕산과 구봉산 사이, 그리고 천마산 앞에 있는 마을로 움직였다.

"여기로 들어가 방어전을 펴는 것이오."

이억기는 말도 안 된다는 듯 손사래를 쳤다.

"호랑이를 잡겠다고 정말 호랑이굴에 들어간다는 말입
니까?"

"그렇소. 호랑이굴에 들어가야 전략적인 목표를 모두
이룰 수 있소."

이억기는 다시 고개를 저었다.

"잡혀 먹힐 겁니다. 그리고 이런 작전을 사용할 장수는
없을 겁니다."

그러나 이틀 후 이억기는 자신의 생각이 틀렸음을 알았
다.

이혼이 지휘하는 조선 육군이 그 호랑이굴에 들어가 버
린 것이다.

이순신은 급히 이억기와 이운룡을 다대포항에 불러들였
다.

그 대신, 해역 순찰은 전라수군 분견대장을 맡은 권준에
게 일임했다.

육군의 닥밭골 진격 소식은 이억기와 이운룡 등의 장수
들을 당황하게 만들었다. 오로지 이순신만이 평소 모습을
유지할 뿐이었다.

이운룡은 고개를 설레설레 저었다.

"이건 돌이킬 수 없는 실책입니다. 듣기로는 부산포를
지키는 왜군이 거의 10만에 육박한다는데 그 사이에 들어
가는 건 말이 안 됩니다. 세 배가 넘는 적을 상대로 야전에

서 버틸 수는 없습니다."

이억기 역시 이운룡과 의견이 크게 다르지 않았다.

"전령을 보내서 작전을 철회하게 해야 하지 않겠습니까?"

지휘봉을 쥔 채 생각에 잠겨 있던 이순신은 고개를 저었다.

"이 작전이 아니면 우리에겐 승산이 없소. 물론, 위험이 큰 작전이오. 실패하면 육군은 궤멸에 가까운 타격을 입어 하삼도가 다시 왜군에게 짓밟힐 것이오. 그러나 성공한다면 이야기가 다르오."

"어떻게 다릅니까?"

영등포만호 우치적의 질문에 이순신은 지휘봉으로 부산을 가리켰다.

"조선에 남아있는 왜군 전체를 한 번에 궤멸시킬 수가 있소. 그것도 장마가 오기 전에 말이오. 그렇다면 전쟁은 여름 전에 끝나오."

역시 분견대장을 발령받은 전 흥양현감 배흥립이 고개를 끄덕였다.

"육군이 미끼를 자처해 부산에 있는 왜군을 한데 끌어모은다는 말이군요. 통제사말씀처럼 이긴다면 전쟁을 끝낼 수 있을 겁니다."

사량첨사 김완이 물었다.

"이런 예상도 먼저 이겨야 가능한 게 아닙니까?"

이순신은 김완을 슬쩍 보더니 이내 대답했다.

"맞소. 이겨야 가능하지. 나는 육군이 잘 해낼 거 같소. 아니, 세자저하의 지휘라면 일거에 전세를 역전시킬 수 있을 거라 생각하오."

지도만호 송희립이 물었다.

"너무 막연한 기대가 아닙니까?"

이순신은 분위기를 일신하려는 듯 자리에서 일어났다.

"전투는 육군만 하는 게 아니오. 불가능한 작전, 그리고 힘든 작전이라면 우리 수군이 육군을 도와 성공하도록 만들면 되는 것이오."

이억기가 물었다.

"어떻게 말입니까?"

"우리가 부산포를 직접 치는 것은 위험부담이 너무 크오."

이순신의 말에 이운룡은 고개를 끄덕였다.

"지당하신 말씀입니다."

이운룡에게 시선을 돌린 이순신은 끊겼던 말을 이어갔다.

"그러나 일부 병력을 상륙시켜 돕는 것은 충분히 가능하오."

"하오시면?"

이억기의 질문에 이순신은 방덕룡을 보았다.

"방장군, 가능하겠소?"

방덕룡은 벌떡 일어나 절도 있게 군례를 취했다.

"맡겨만 주십시오!"

"좋소. 그럼 방장군의 해병대를 주축으로 상륙부대를 편성하겠소."

이억기가 회의적인 표정으로 재차 물었다.

"뭍에 섣불리 올려보냈다가 먼저 포위당해 몰살당하는 게 아닙니까?"

이순신은 의미심장한 눈빛으로 대답했다.

"그래서 기회를 잘 살펴야하는 것이오."

"기회요?"

"그렇소. 기회. 원래 화려한 꽃일수록 벌이 더 꼬이기 마련이오. 저하께서 계시는 근위사단의 전력이라면 못해도 천마산에 있는 왜군 대부분을 닥밭골로 끌어들이는 게 가능할 것이니 천마산 왜군 진채에는 수비하는 병력이 소수에 불과할 것이오. 우리는 천마산에 있는 왜군 본대가 내려가는 그 틈을 이용해야할 것이오."

이순신의 진두지휘에 의해 작전계획이 빠르게 세워졌다.

해병대 1천여 명을 중심으로 하는 상륙부대가 먼저 편성을 마쳤다.

당연히 상륙부대 지휘관은 해병대 대장 방덕룡이 맡았다.

이순신은 이억기와 권준, 이운룡 세 명을 번갈아 내보내서 부산포에 있는 왜군 주력함대의 동향을 살피는 한편, 육지에 세작을 대거 파견해 돌아가는 상황을 하루에 서너 차례이상 보고를 받았다.

전투는 초반부터 치열하게 전개되었다.

조선군은 임시로 쌓은 성채와 각종 화기를 동원해 공격해오는 왜군을 물리쳤다. 개전 이후 며칠 동안의 교전비는 조선군이 왜군을 압도해 최소한 5대1, 심할 경우에는 10대1의 교전비를 보였다.

10대1이란 아군이 한 명 전사할 때 적군은 10명이 전사한다는 의미였다. 이러니 수가 훨씬 적어도 전선을 유지하는 게 가능했다.

한데 왜군이 돌연 전술을 바꾸었다.

조선이 가진 소룡포와 용란을 두려워하여 소극적으로 움직이며 시간을 끌려는 움직임을 보이기 시작했다. 차라리 이럴 바에야 부산포로 가는 조선군의 발목을 잡은 채 장마가 오기를 기다려서 그 후에 도착할 본토 지원군과 함께 반격할 기회를 찾는 듯했다.

이때, 이억기와 이운룡 등은 당장 도와야한다고 주장했다.

  6

이런 상황이라면 닥밭골에 갇힌 조선군은 서서히 말라 죽어갈 게 틀림없어 시간이 문제일 뿐이지, 전멸은 피할 수 없는 상황이었다.

그러나 이순신은 고개를 저었다.

수군 상륙부대가 노리는 천마산에는 여전히 3, 4천이 넘는 병력이 있었다. 그들 중 많은 숫자가 비전투원이거나, 예비대였지만 3, 4천이 지키는 고지를 상대로 상륙전을 감행하는 것은 무리였다.

이순신은 냉정하리만치 단호했다.

"기다려야하오. 아직은 때가 아니오."

"육군이 당하면 전쟁은 수년 동안 이어질 겁니다."

부하장수들의 직언에도 이순신은 흔들리지 않았다.

"세자저하라면 방법을 만들어내실 것이오. 며칠 더 기다려봅시다."

이순신의 말에 장수들은 더 할 말이 없어 물러나왔다.

이게 바로 이순신이었던 것이다.

이순신은 전투에 앞서 상황과 시기를 면밀히 파악해 작전을 펼쳤다.

왜국의 수군 장수들은 수십 척의 전선을 잃어도 본국에서 바로 충원해주지만 이순신과 같은 조선군 장수들은 함대를 잃으면 그걸로 끝장이었다. 바로 제해권을 잃어 국토가 유린당하는 것이다.

지금 역시 반드시 이길 수 있는 기회를 기다리며 참았다.

결국에는 이순신의 말 대로였다.

장기전으로 흐르면 불리하다는 사실을 가장 잘 아는 이가 이혼이어서 소룡포를 일부러 사용하지 않아 왜군을 깊숙이 끌어들였다.

왜군은 이 작전에 당해 몸이 물에 잠기듯 닥밭골 깊숙이 들어갔다.

왜군 입장에서도 장기전은 차선책이었다.

지금도 보급이 형편없어 군마를 잡아먹는 일마저 비일비재한 마당에 아무리 인내심이 강한 병사라 해도 장마를 버티기는 힘들었다.

빨리 조선육군을 없앤 후 전라도와 경상도 중 하나를 다시 점령해 그 곳에서 둔전을 만들어 먹고살 자구책을 마련해둬야 편했다.

그래야 본국 사정으로 보급이 원활치 않을 때 버틸 역량이 생겼다.

"천마산의 왜군 예비대가 산을 내려갔습니다요!"

"오, 정말인가?"

세작의 보고에 이억기가 벌떡 일어나 물었다.

"예, 소인이 몇 리나 쫓아가 두 번이나 확인했습니다요!"

세작을 돌려보낸 이억기가 좋아서 어쩔 줄 몰라 하며 말했다.

"장군, 되었습니다!"

"그렇소. 이젠 때가 되었소."

이순신은 자리에서 일어나 방덕룡에게 신호를 보냈다.

"상륙부대는 지금 바로 상륙하여 천마산을 점령하여 아군을 도우라!"

"예!"

방덕룡은 미리 징발해둔 어선과 조운선 등에 해병대 병력을 먼저 태워서 다대포 근처에 있는 봉화산 앞바다에 상륙을 개시했다.

왜군은 온 신경이 온통 북쪽에 있는 닥밭골에 향해있는지 상륙하는 동안, 별다른 방해를 받지 않아 곧장 천마산으로 진격해갔다.

야음을 틈타 경계초소를 지키는 초소병을 단숨에 제압한 방덕룡은 단숨에 정상으로 올라가 산에 남아있는 왜군 보급부대를 없앴다.

천마산을 차지함과 동시에 왜군이 남긴 보급품마저 손에 넣었다.

천마산을 완전히 손에 넣은 후 산 입구 주위에 방어진을 쳤을 때는 이미 다음 날 아침이 지나 거의 점심 무렵이 가까워져 있었다.

천마산에 있다가 도망친 병력으로 인해 닥밭골 근처에 있는 우키타 히데이에의 본진에도 소식이 갔을 테지만 아직 반격은 없었다.

뒤를 돌아보기 어려울 만큼 닥밭골의 상황이 좋지 않은 모양이었다.

방덕룡은 초조했다.

머물던 진채를 빼앗긴 우키타 히데이에가 급히 돌아오지 않는다는 데에는 두 가지 가능성이 있을 것이다. 하나는 몸을 빼기 어려울 만큼 상황이 급박해 도저히 회군할 엄두가 나지 않을 때였다.

그리고 다른 하나는 닥밭골이 점령당하기 직전일 때였다.

어차피 우키타 히데이에의 목표는 닥밭골을 점령해 조선 육군을 분쇄한 후 조선군 반격의 상징인 세자를 잡거나, 죽이는 거였다.

닥밭골을 점령한다면 천마산이야 아까울 게 없었다.

방덕룡의 시선이 북쪽에 있는 닥밭골로 향했다.

아스라이 보이는 닥밭골 주위에는 현재 왜군으로 가득했다.

보이는 것이라고는 온통 왜군의 깃발이었다.

우키타 히데이에가 회군하지 않는 이유는 후자에 더 가까워보였다.

닥밭골을 점령하기 직전이어서 공세에 집중하느라, 천마산을 점령당했다는 보고를 부하에게 받았음에도 회군하지 않고 있는 것이다.

이순신은 방덕룡에게 상륙부대를 맡기며 재량권을 주었다.

즉, 어느 정도는 마음대로 해도 된다는 뜻이었다.

전쟁은 일종의 살아있는 생물과 같아 작전을 세밀하게 짜서 실행하는 것은 바보 같은 짓이었다. 작전은 퍼즐 맞추기가 아니었다.

퍼즐이야 맞는 피스를 맞추면 끝나지만 전투는 도중에 무슨 일이 벌어질지 예측하지 못했다. 그런 상황에서 작전을 세밀하게 짜둘 경우, 작전이 한번 틀어지면 작전 전체가 틀어져버리는 것이다.

이에 이순신은 부하들에게 재량권을 적당히 주어 돌변하는 상황 속에서 임기응변으로 헤쳐 나가길 바랐는데 이번도 마찬가지였다.

방덕룡은 고민에 싸였다.

기다릴 것이냐, 아니면 내려가서 왜군 후미를 기습해 곤경에 처한 닥밭골의 육군을 도울 것이냐의 기로에 서서 고민을 거듭했다.

그러나 고민은 길지 않았다.

싸우는 전장은 뭍과 바다로 나뉘어있었지만 닥밭골의

육군 역시 전우이며 동시에 동포였다. 동포들이 죽어나가는데 가만히 서서 지켜보는 것은 괴롭기 짝이 없는 일이어서 출동명령을 하달했다.

우르르 산을 내려와서는 긴장한 기색으로 멀리 보이는 우키타 히데이에의 부대 뒤를 기습하기 위해 속도를 조금 높이려는 순간.

펑!

포성과 함께 전방 수백 미터 앞에서 흙이 치솟았다.

방덕룡은 순간 환호성을 지를 뻔했다.

소룡포가 쏘는 용란의 엄호 포격을 받으며 상륙한 경험이 있는 방덕룡은 방금 들은 포성과 폭발의 형태로 용란임을 직감한 것이다.

용란 10여 발이 동시에 떨어진 후 왜군은 크게 흔들리는 모습이었다. 그 후에는 간헐적으로 날아들었으나 그 정도면 충분했다.

놀란 왜군은 후미부터 돌아서서 퇴각하기 시작했다.

한데 공교롭게도 퇴각하는 방향이 바로 방덕룡의 부대 앞이었다.

방덕룡은 기회라 생각해 바로 명을 내렸다.

"화살을 쏜 후 육군에게서 받은 죽폭을 던져라!"

"예!"

대답한 부하들은 어깨에 멘 활과 화살 통을 풀어 발사준비를 마쳤다.

귀신이라도 보았는지 방덕룡이 있는 방향으로 미친 듯이 달려오던 왜군은 방덕룡의 부대를 아군으로 생각해 무작정 접근해왔다.

천마산이 점령당했다는 사실을 수뇌부가 일반 병사들에게 숨긴 건지, 아니면 정신이 없어 통제를 벗어난 건지는 정확히 모르지만 어쨌든 방덕룡으로서는 움직일 필요가 없어 귀찮은 일을 덜었다.

앞에 있는 부대가 조선군이라는 사실을 눈치 챌 무렵.

방덕룡이 먼저 선수를 쳤다.

"쏴라!"

방덕룡의 명이 떨어짐과 동시에 화살 수백 대가 날아갔다.

파파팟!

마치 검은 비가 내리듯 쏟아진 화살 비는 전장을 단숨에 갈랐다.

여기저기서 화살에 맞은 왜군이 바닥을 굴렀다.

그러나 왜군은 멈출 수가 없었다.

뒤에서 경상사단과 전라사단이 맹렬한 기세로 쫓아오는 바람에 잡히지 않으려면 방덕룡이 있는 방향으로 달려가는 수밖에 없었다.

화살 비에 놀란 왜군 앞 열은 멈추려고 해보았지만 뒤에서 밀어대는 통에 멈추기는커녕, 오히려 더 빠른 속도로 앞으로 달려갔다.

방덕룡의 손이 위로 올라갔다.

그리고 그와 동시에 죽폭이 날아가 밀려드는 왜군 사이에 떨어졌다.

펑펑펑!

죽폭이 만든 연기와 죽폭에서 쏟아져 나온 쇳조각, 그리고 귀를 찢는 폭음은 그렇지 않아도 혼란스러운 왜군을 더 혼란케 만들었다.

왜군은 우키타 히데이에 등 우키타군 가신들의 명령을 무시한 채 사방으로 흩어졌다. 그리고 일부는 무작정 방덕룡이 지키는 곳으로 돌진해 들어왔는데 해병대 병사의 칼과 창에 찔려 쓰러졌다.

왜군이 방덕룡의 부대에 막혀 허둥지둥하는 사이.

뒤를 쫓아온 경상사단과 전라사단은 도망치는 왜군을 베어 넘겼다.

전투는 고작 30분 만에 끝이 났다.

거의 일방적인 학살에 가까워 천마산 앞이 시체로 뒤덮였다.

방덕룡이 경상사단장 곽재우와 전라사단장 권율과 막 해후할 무렵.

닥밭골의 사령부에서 명이 떨어졌다.

경상사단과 전라사단은 천마산을 점령해 부산포로 가는 길을 트라는 명이었으며 방덕룡의 해병대는 도망친 왜군을 쫓으란 명이었다.

다시 만날 것을 기약한 세 사람은 각자 흩어졌다.

수가 적은 경상사단은 방덕룡의 해병대가 미리 점령해 둔 천마산으로 달려갔다. 반면, 주력을 거의 온전히 보전한 권율의 전라사단은 뒤이어 올 예비대를 위해 부산포로 가는 길을 트기 시작했다.

닥밭골에서 대승을 거둔 건 거둔 거였다.

이번 승리가 완벽해지기 위해서는 부산포를 반드시 탈환해야했다.

왜군이 상륙거점으로 삼은 부산포를 탈환한다면 왜군의 퇴로를 없앰과 동시에 왜국 본토에서 오는 지원부대를 막아낼 수가 있었다.

한편, 권율, 곽재우와 천마산에서 헤어진 방덕룡의 해병대는 우키타 히데이에의 뒤를 쫓았다. 우키타 히데이에는 명목상이기는 해도 어쨌든 이번 조선침략군을 총 지휘하는 왜군 사령관이었다.

만일, 우키타 히데이에를 잡는다면 전 군의 사기가 올라감과 동시에 조선을 침략한 왜군을 처벌하는 성과를 같이 올릴 수가 있었다.

왜군이 도망친 동쪽으로 10여 킬로미터 추격했을 무렵.

왜군 수백이 낭패한 얼굴로 그늘 가에서 잠시 휴식을 취하고 있었다.

"저기다!"

소리친 방덕룡은 곧장 말을 몰아 달려갔다.

저쪽도 방덕룡을 발견했는지 다시 군마에 올라 도망치기 시작했다.

그러나 방덕룡이 이끄는 부대가 훨씬 빨랐다.

격전으로 지친 왜군에 비해 방덕룡의 부대는 어제 휴식을 취했다.

금세 따라붙은 방덕룡이 살펴보니 부상자가 태반이었다.

부상을 입은 몸으로 추격을 뿌리치기는 쉽지 않았다.

행렬에서 이탈한 왜군은 방덕룡의 부하에게 차례차례 목숨을 잃었다.

중신, 하타모토, 근위시동에 할 거 없이 모두 목숨을 잃었다.

수가 점점 줄어듦에 따라 위기감을 느꼈는지 갑자기 반으로 갈라서는 한쪽은 계속 도망치고 나머지 한 쪽은 방덕룡을 막아섰다.

방덕룡은 이를 으드득 갈았다.

"이 놈들이 귀신이 되어 우리 발목을 붙잡으려는 모양이군."

방덕룡은 막히기 전에 속도를 높여 재빨리 돌파하며 부장을 불렀다.

"이 놈들은 너희가 맡아라!"

부장이 속도를 늦추며 물었다.

"장군은 어찌할 생각이십니까?"

"나는 도망친 놈들을 쫓아가겠다!"

대답한 방덕룡은 말배를 연신 걷어차며 도망치는 왜군 뒤를 쫓았다.

작전이 실패한 왜군은 당황한 모습을 보이다가 산마루를 돌았다.

방덕룡은 급히 쫓아가며 등에 맨 동개활을 뽑았다.

조선의 활은 큰 관계로 말 위에서는 사용이 불편했다.

그래서 크기를 줄인 활을 따로 만들었는데 그게 바로 동개활이었다.

활동에 제약을 받는 기병이 말 위에서 사용하기 쉽도록 라이플 총신을 일부 잘라내 카빈을 만든 것과 같은 이유라 할 수 있었다.

시간이 많이 흘러서는 이 카빈이 가볍다는 이유로 보병이 소지하기도 하지만 원래는 보병이 아니라 기병용으로 만든 개인화기였다.

방덕룡은 동개활의 시위에 화살을 재어서 도망치는 왜군을 겨눴다.

말 위에서 하는 활쏘기는 당연히 평지에서보다 힘들었다.

평지에서 고정된 자세로 발사해도 맞추기가 쉽지 않은데 계속 움직이는 말 위에서 활을 쏘려면 평소에 각고의 노력이 필요했다.

더구나 상대는 빠르게 움직이는 상태였다.

다행히 속도가 일정한 게 그나마 조준을 편하게 해주었다.

쉭!

시위를 놓으니 화살이 쏜살같이 날아갔다.

팟!

그러나 화살은 왜군이 아니라, 그가 타고 있던 말 엉덩이에 박혔다.

방덕룡은 다시 시위에 화살을 재어 발사했다.

두 번째 화살은 다행히 왜군의 등을 정확히 맞추었다.

말 등에서 굴러 떨어진 왜군은 몇 번 움찔하다가 움직임을 멈췄다.

방덕룡의 부하들도 시위에 화살을 재어 속속 발사했다.

수십 발이 날아가 왜군 후미를 초토화시켰다.

그렇게 몇 차례 반복했을 때, 왜군의 수가 수십으로 줄었다.

떨쳐내기 어렵다고 판단했는지 왜군은 갑자기 북쪽으로

달려갔다.

급히 쫓아가니 산마루에 있는 폐가 안으로 들어가는 모습이 보였다.

"놓치지 마라!"

"예!"

방덕룡은 직접 앞장서서 폐가의 허물어진 담을 훌쩍 뛰어넘었다.

군마의 다리가 땅에 닿기도 전에 창극이 날아들었다.

방덕룡은 증조부에게 물려받은 창으로 창극을 비켜냈다.

그리고 그와 동시에 앞으로 번개처럼 찔러갔다.

군마가 달리는 힘이 더해져 왜군은 창날에 가슴이 박혀 날아갔다.

방덕룡은 사방으로 창영(槍影)을 뿌려가며 폐가 마당을 돌파했다.

그가 지나갈 때마다 왜군은 몸에 구멍이 뚫려 쓰러졌다.

마침내 마당을 통과한 방덕룡은 말에서 내려 반쯤 부서진 방문을 걷어찼다. 펑소리가 나며 방문이 통째로 뜯어져 안으로 들어갔다.

방덕룡은 안으로 뛰어들어 살펴보았다.

화려한 갑옷을 입은 왜장이 배를 가른 채 죽어 있었다.

바닥에 피와 내장이 가득했다.

그리고 수급을 따로 베었는지 목이 반이나 잘려있었다.

아마도 왜국 영주들이 도망칠 데가 없을 때 한다는 할복처럼 보였다.

왜장 옆에는 따라 죽은 것으로 보이는 가신이 여럿이어서 방 안에는 피 냄새와 땀 냄새로 가득해 숨을 쉬기가 어려울 지경이었다.

코를 잡은 채 밖으로 나온 방덕룡은 고개를 살짝 저었다.

"아무래도 뭔가 의심쩍군."

방덕룡은 부하를 풀어 인근을 샅샅이 뒤졌다.

얼마 지나지 않아서 동쪽 산길로 도망치는 두 사람을 발견해내었다.

4장. 부산포를 쳐라!

光海錄

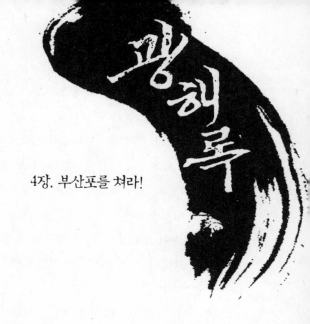

4장. 부산포를 쳐라!

방덕룡은 냅다 달려가 두 사람을 끌어내렸다.

한 명은 허름한 옷을 입었고 다른 한 명은 제법 복장을 갖춘 자였다.

방덕룡은 그 중 허름한 옷을 입은 자를 꽁꽁 묶게 하며 소리쳤다.

"이 놈이 왜장이다! 자결하지 못하게 입에 재갈을 물려서 데려가라!"

"옛!"

부하들은 그 즉시 허름한 옷을 입은 자를 꽁꽁 묶어 압송해갔다.

잠시 후, 달려온 부장이 물었다.

"왜장을 잡으셨습니까?"

방덕룡은 큰 공을 세운 게 여간 기쁘지 않은지 껄껄 웃었다.

"하하, 잡았네. 잡았어. 부하에게 갑옷을 주어 할복한 거처럼 꾸며놓고는 제 놈은 동쪽으로 도망을 치기에 얼른 나가서 잡아왔지."

"어떻게 아셨습니까?"

"할복한 놈이 비단옷을 입긴 했어도 얼굴과 손은 아주 거칠었네. 그래서 이놈이 나를 속이려고 부하를 할복시켰다는 것을 알았지."

"도망치다가 부하와 옷을 바꿔 입은 모양이군요."

"맞네. 추격하던 왜장을 잡았으니 우리는 천마산으로 이만 돌아가세. 지금쯤 세자저하께서 지휘하시는 근위사단 본대가 부산포를 치기 위해 움직이는 중일 걸세. 얼른 가서 우리도 한 팔 거드세."

"예, 장군."

방덕룡과 그의 부하들은 다시 서쪽으로 말을 몰았다.

얼마쯤 가니 전라사단 병력이 먼저 보였다.

전라사단 뒤에는 권응수가 지휘하는 기병연대 병력도 있었다.

기병은 여전히 중요한 전력이었다.

나중에 가면 개인 화기의 발달과 탱크와 같은 장갑차량

의 등장과 함께 그 운명을 다하지만 16세기인 지금은 여전히 보병에게 두려운 존재였으며 잘 운용할 경우, 엄청난 이득을 볼 수가 있었다.

근위사단 기병연대는 이번 전투 동안, 피해가 거의 없었다.

다른 부대가 위험할 때 지원하기는 했지만 그게 다였다.

거기다 휴식을 충분히 취해 조선군 중에서 가장 힘이 넘쳤다.

이혼이 기병연대를 아껴가며 사용한데는 바로 지금과 같은 순간에 사용하기 위해서였는데 권응수 역시 이 점을 모르지 않았다.

단숨에 부산포로 진격한 기병연대는 보이는 모든 것을 때려 부셨다.

장창부대가 앞을 막아서면 활을 쏘다가 죽폭으로 전열을 흐트러트린 후 돌입해 철퇴나, 편곤 같은 병기를 닥치는 대로 휘둘렀다.

또, 왜군이 조총을 사용하면 더 빠른 속도로 달려갔다.

조총의 사격에 피해는 입었지만 두 번째 장전하기 전에 전선을 돌파해 거의 무방비와 다름없는 왜군 조총부대를 손쉽게 섬멸했다.

부산포에 도착한 권응수는 고개를 돌려 바다 쪽을 보았다.

수십 척을 상회하는 왜국 전선이 부산포 바다에 정박해 있었다. 그리고 다시 수십 척이 넘는 전선이 부산포를 막

나가는 중이었다.

조선군의 진격이 갑작스러워 미처 대비하기 전인 듯했다.

그도 그럴 만한 게 아침까지만 해도 왜국 육군은 닥밭골을 포위해 조선군을 사방에서 옥죄어가며 항복을 받아내기 직전이었다.

한데 전황이 갑자기 바뀌어 대패한 왜군은 뿔뿔이 흩어졌다.

육지에서 오는 공격을 막아줘야 하는 육군이 사라지니 부산포의 수군은 말 그대로 등을 밖에 드러낸 채 싸워야하는 형국이었다.

수군이 힘을 발휘하기 위해서는 일단 바다로 나가야했다.

육지에서 조선군과 싸워보았자 이길 확률이 적으니 일단 조선군이 쫓아오지 못하는 바다에 나가서 전선을 살리는 게 급선무였다.

그래야 나중에 조선 수군과 대결하여 이기든, 지든 할수가 있었다.

한데 조선군의 진격속도가 빨라도 너무 빨랐다.

기병연대가 선두에 있을 줄은 몰랐던 것이다.

아직도 부산포에는 바다로 나가지 못한 전선이 수십 척에 이르렀다.

왜국의 수군 장수들은 수군 병사들을 뭍에 올려 보내 기병연대를 막게 했다. 그 동안, 어떻게 해서든 전선을 물에

띄울 생각이었다.

"화살을 쏴라!"

"예!"

권응수의 지시에 화살 수백 대가 남쪽에 있는 부산포로 날아갔다.

파파팟!

검은색 메뚜기 떼가 추수하는 논을 덮치는 듯했다.

왜국 수군은 우후죽순으로 쓰러졌다.

그러나 화살이 끝이 아니었다.

이어서 날아온 죽폭에 또 한 번 당해 전열이 붕괴했다.

이젠 사는 게 우선이었다.

왜국 수군은 사방으로 흩어졌다가 전선이 있는 바다로 몸을 날렸다.

"돌입하라!"

소리친 권응수는 군마를 미친 듯이 몰아 쫓아갔다.

쾅!

왜군 하나가 군마의 머리에 들이받혀 3미터나 굴러갔다.

기병은 위에서 아래를 보며 싸울 수 있다는 장점 외에도 군마 자체가 가진 충격력으로 보병을 쓸어버릴 수 있다는 장점이 있었다.

몇 백 킬로그램이 나가는 군마에 들이받히면 살아남기가 어려웠다.

권응수와 기병연대 병사들은 흩어지는 왜군에겐 시선을 주지 않았다.

　　그들의 목적은 처음부터 왜군 소탕이 아니라, 부산포의 점령이었다.

　　항구를 만드는 목적은 배를 정박하기 위해서였다.

　　작은 나룻배야 어디든 정박이 가능했다.

　　그러나 전선크기의 배수량을 가진 배라면 아무데나 정박하지 못했다.

　　흘수가 커서 얕은 바다에 정박할 경우, 선체가 닿아 부서졌다.

　　그래서 육지와 가까우면서, 동시에 수심의 깊이가 충분한 바다가 항구의 적지로 꼽히는데 부산포는 그런 면에서 안성맞춤이었다.

　　항구의 핵심은 배가 정박하는 부두에 있었다.

　　그 말은 곧 배가 정박하는 부두를 먼저 점령해야한다는 말과 같았다.

　　맹렬히 질주한 권응수는 철퇴를 휘둘러 왜군을 쓰러트렸다.

　　저항하던 왜군 하나가 철퇴에 머리를 맞아 바다에 풍덩하며 빠졌다.

　　그런 권응수 주위로 기병연대 병사들이 돌격하며 무기를 휘둘렀다.

힘이 넘쳐서 그런지 부두를 단숨에 점령하기 시작했다.

"워워."

말을 세운 권응수가 외쳤다.

"1대대는 부두에 정박해 있는 적선을 모두 태워버려라!"

"예!"

1대대는 곧 부두에 남아 저항하는 왜군을 바다 쪽으로 몰아붙이며 정박한 적선에 급조한 횃불이나, 죽폭을 던져 태우기 시작했다.

부두에는 부산포의 왜군이 근처 고을에서 징발한 조선인 부역자들이 많았는데 그들을 한쪽으로 데려가서 왜군에게 항복한 순왜인지, 아니면 단순한 부역자인지 가려냈다. 순왜라면 처벌이 따를 것이고 부역자라면 즉시 방면하여 가족에게 돌려보낼 계획이었다.

펑펑!

부두 곳곳에서 죽폭의 폭음이 울리며 불길이 치솟았다.

적선에 승선한 왜군이 조총이나, 활로 기병연대 1대대를 공격해보았지만 갑자기 날아드는 죽폭과 횃불을 전부 막아내지는 못했다.

화르륵!

불길에 휩싸인 적선의 돛이 세차게 타오르며 사방에 불똥이 날렸다.

나무로 만든 배는 당연히 화재에 취약했다.

방수는 훈증 등의 방법을 써 강화해도 방화는 방화도료가 발달하지 않아 방법이 없었다. 그저 물이나, 모래를 부어 끄는 게 다였다.

　기병연대 1대대가 부두에 정박해 있거나, 아니면 출항하기 위해 서두르던 적선에 불을 지르는 동안, 2대대는 왜군의 창고로 달렸다.

　부산포는 항구임과 동시에 왜군의 상륙거점이었다.

　그 말은 즉, 부산포 창고에 조선에 침략한 왜군을 먹이거나, 무장을 시키기 위한 물자와 무기가 같이 저장되어 있다는 말이었다.

　일단 부산포 창고에 저장했다가 필요한 곳에 보내는 식이다.

　물자와 무기는 소모품이었다.

　아무리 좋은 칼도 자주 사용하면 이가 빠졌다.

　그리고 조총과 같은 경우에는 고장이 나기 마련이어서 왜국 본국에서는 백성들을 쥐어짜 전쟁 물자를 계속해서 보내오는 중이었다.

　물론, 시간이 지날수록 양은 물론이거니와 질마저 떨어지며 보급에 곤란을 겪었지만 자체 수급이 어려운 왜군 입장에서는 그나마 본토에서 간간히 보내주는 물자와 무기만이 유일한 희망이었다.

　기병연대 2대대는 창고를 불태우려는 왜군 수비군을 간

신히 저지한 후 화약과 군량, 칼과 조총, 장창, 갑옷이 있는 창고를 얻었다.

심지어 군자금으로 가져온 듯 보이는 금과 은이 든 궤짝 수십 개도 발견했는데 생각보다 양이 많아 뜻하지 않은 횡재를 얻었다.

1대대와 2대대가 각각 공을 세우는 동안, 3대대와 5대대는 부산포 안을 돌며 숨어있거나, 저항하는 왜군 잔병을 찾아내 처리했다.

다음 날 아침, 이혼은 기병연대장 권응수에게 공식보고를 받았다.

"기병연대가 어제 오후에 부산포를 탈환했습니다. 이후 밤에 도착한 항왜연대와 유격연대의 도움을 받아 부두와 창고와 같은 각종 시설물 역시 적이 파괴하기 전에 손에 넣어 점령에 성공했습니다."

이혼은 보고서를 읽으며 기병연대에서 온 장교에게 물었다.

"정박해 있던 적선들은 어떻게 하였느냐?"

"20척은 대파했으나 나머지 10척은 아쉽게도 바다로 도망쳤습니다."

이혼은 그 자리에서 정탁을 불러 물었다.

"수군에게 연락을 보냈소?"

"예, 저하. 어제와 오늘 아침에 각각 전령을 보냈습니다."

"그럼 도망친 적선들의 처리는 수군이 알아서 하겠군."

이혼은 수군의 영역은 오롯이 이순신에게 맡겼다.

수전에 대해 잘 모르는 그보다는 이순신이 총괄하는 게 더 나았다.

이혼은 이어서 보병연대의 위치를 물었다.

"보병연대는 지금 어디에 주둔 중이오?"

"1, 2, 3, 5연대 모두 목적한 고지를 점령했습니다."

"그럼 최소한의 경비 병력만 남겨놓은 후 왜군을 추격하라 하시오."

"예, 저하."

정탁이 대답할 때 정찰대대장 강문우가 들어왔다.

강문우는 그 동안 닥밭골에서 흩어진 왜군을 추격하는 중이었다.

이혼은 기뻐하며 물었다.

"도망친 왜군의 흔적을 찾아냈소?"

"닥밭골에서 패한 왜군은 처음에 부산포로 가려다가 부산포가 이미 기병연대에 점령당했음을 알았는지 방향을 돌려 동쪽에 있는 울산으로 향했습니다. 현재 울산에 정찰중대를 파견 중입니다."

이혼은 잠시 생각하다가 정탁에게 말했다.

"수군에 일러 여유가 있을 경우, 울산에서 나오는 적 함대를 격침시키라고 하시오. 그 함대에 전범들이 대거 타고 있을 것이오. 물론, 여유가 있을 때 만이오. 수군의 목표는 부산 앞바다에서 울산으로 움직이는 적함대를 수장시켜 합류하지 못하게 하는 거요."

"예, 저하."

정탁은 바로 통신참모에게 지시해 이혼의 새로운 명을 전달하였다.

강문우 다음에는 방덕룡이 들어왔다.

이혼은 자리에서 일어나 직접 방덕룡을 맞았다.

"우키타를 잡았다고?"

"예, 저하. 운이 좋았습니다."

"해병대 덕분에 위기에서 벗어났는데 중요한 적장까지 잡아주다니 해병대가 제일 큰 공을 세웠군. 피곤할 테니 가시 휴식하게."

방덕룡이 돌아간 후 이혼은 정탁에게 물었다.

"정인홍은?"

"근위사단이 포위망을 뚫은 후에 자기들 할 일은 이제 다 끝났다며 고향으로 돌아갔습니다. 저하께 안부나 전해 달라고 하더군요."

"흐흠, 예측할 수 없는 사람이야."

"그게 정인홍이란 사람이겠지요."

말없이 고개를 끄덕인 이혼은 지도에 나와 있는 울산을 가리켰다.

"부산포의 경비는 경상사단에 맡기고 나머지 기병연대, 항왜연대, 유격연대, 1연대, 2연대는 울산으로 동진해 정찰대대의 연락을 기다리라 하시오. 정찰대대가 적의 위치를 파악하는 동시에 진격하여 마지막 남은 왜군은 숨통을 완전히 끊어버려야 할 것이오."

"알겠습니다."

정탁은 죽은 한극함을 대신해 부대 재배치에 나섰다.

그 사이, 이혼의 시선은 부산 앞바다로 향했다.

이젠 수군의 차례였다.

부산포에 있던 수십 척의 전선이 울산에 있는 왜군 수뇌부와 합류할 경우, 불씨를 남겨두는 일이어서 어떻게든 이를 저지해야했다.

한편, 모든 이의 시선이 쏠려있던 조선 수군은 의외로 담담한 표정으로 자기들의 할 일을 하며 곧 벌어질 싸움을 준비 중에 있었다.

이들은 이미 이순신을 따라 크고 작은 싸움을 수십 번 해온 정예부대여서 굳이 따로 지시하지 않아도 알아서 척척 준비를 마쳤다.

이순신은 삼도수군을 통솔하는 통제영(統制營) 대장선에 승선해 이번 인사에서 통제영 참모장으로 보직을 옮긴 어영담에게 물었다.

"함대에 용란이 얼마나 남았소?"

"서른 발입니다."

"용란을 가진 전선을 맨 앞줄에 배치하시오!"

"예, 장군."

어영담은 대장선 장대 위에 깃발을 걸어 다른 전선에 신호를 보냈다.

당연한 얘기지만 바다는 육지보다 훨씬 소통이 어려웠다.

육지에서는 전령을 보내면 끝이지만 바다에서는 그럴 수 없었다.

세밀한 지시의 경우에는 전령을 사후선에 태워 보내는 경우도 있지만 긴박한 와중에 사후선을 보내 명을 전달하기는 쉽지 않았다.

그래서 나온 게 바로 신호용 깃발, 즉 수기(手旗)였다.

육군도 수기를 운용하지만 해군처럼 세밀하게는 하지 않았다.

어영담이 올린 기를 본 전선 몇 척이 항적을 만들며 앞으로 나갔다.

이순신은 이어 명을 내렸다.

"귀선 두 척을 그 뒤에 배치하시오!"

"예, 장군."

이순신의 명에 의해 용란을 가진 전선 뒤에 귀선이 들어갔다.

이순신은 마지막으로 남은 전선을 넓게 펼쳐 학익진을

구성했다.

학익진은 말 그대로 학이 날개를 편 거와 같은 형태로, 이순신이 좋아하여 즐겨 사용하는 전술이었는데 적을 포위한 후 화포로 공격하며 포위망을 좁히는 게 가능해 적을 섬멸할 확률이 높았다.

어영담이 다시 물었다.

"사후선과 포작선은 어찌 배치할까요?"

"왜선에서 추락한 왜병이 섬이나, 뭍에 올라가 저항할지 모르오. 사후선은 근처에 있는 섬과 뭍으로 올라가는 길목을 막게 하시오."

"예, 장군."

"그리고 포작선은 함대 사이를 오가며 구난과 보급에 집중하시오."

"알겠습니다."

어영담은 수기, 수신호, 전령선(傳令船)을 총동원해 함대를 배치했다.

얼마 후, 각 전선의 장대에 신호기가 올라왔다.

명령을 전달받아 배치를 마쳤다는 의미였다.

"전 함대 배치 끝났습니다!"

어영담의 보고에 이순신은 장대에 다시 올라가 지휘봉을 뽑았다.

"전군 출진하라!"

이순신의 명이 떨어짐과 동시에 병사가 전고를 두드리기 시작했다.

해전에서의 전고는 사기진작에 영향을 주어 전고를 두드리는 병사는 팔 힘과 체력이 좋아야할 뿐 아니라, 눈치 역시 빨라야했다.

둥둥둥!

전고가 울림과 동시에 다대포 앞바다의 파도에 몸을 맡긴 채 떠있던 함대의 전선들이 노를 저어 서서히 속도를 높여가기 시작했다.

"빨리 빨리 저어라!"

전선을 지휘하는 장수들은 연신 격군을 독려했다.

조선의 주력 전선인 판옥선은 이층갑판구조였다.

1층에는 노를 젓는 격군이, 2층에는 함포를 탑재했다.

또, 따로 선미에 장대를 세우는데 이는 현대 군함의 함교와 같았다.

함을 지휘하는 장수가 장대 위에서 주위를 살피며 작전을 진행했다.

어영담은 대장선의 1층 갑판으로 들어가는 문을 열었다.

먼저 계단이 보인 후 서,너 명이 한조를 이루어 커다란 노를 젓는 격군의 모습이 보였다. 한선(韓船)의 노는 길고 무거워서 절대 혼자서는 젓지 못했으며 거의 수직에 가까운 각도로 물을 저었다.

그런고로 서너 시간 연속으로 노를 저으면 격군은 파김치로 변했다.

수군에서는 배의 속도를 유지하기 위해 2교대, 또는 3교대로 격군을 운용했는데 워낙 힘든 일이어서 대부분이 천민출신들이었다.

지금은 승군(僧軍)이 격군으로 많이 참가해 그나마 나은 편이었다.

판옥선의 이러한 구조는 짧은 거리에서는 속도, 선회가 모두 빨랐다.

돛을 쓰는 범선의 속도는 바람의 세기와 방향에 영향을 받았고 선회는 공간의 유무에 영향을 받는데 판옥선은 그럴 필요가 없었다.

모두 사람의 힘으로 조절이 가능한 것이다.

그러나 이러한 장점으로 인해 오히려 긴 항해가 어려웠다.

격군이 빨리 지치는데다 수십 명의 격군을 항해 중에 먹이기 위해서는 물과 식량이 적잖이 필요해 화물을 많이 적재하지 못했다.

조선 수군이 뭍과 바다를 계속 오가는 것 역시 그런 이유에서였다.

자주 뭍에 상륙해 물과 식량을 보급 받지 않으면 안 되었다.

어쨌든 지금은 다대포에서 부산포로 이동하는 짧은 거

리 항해였다.

그야말로 섬광처럼 움직인 수군은 속도를 서서히 줄였다.

이순신 역시 이혼처럼 정찰을 중요시하는 전술가였다.

더구나 바다는 워낙 넓어서 적을 찾는 게 무엇보다 중요했다.

찾지 못하면 바다에서 온종일 헤매다가 허탕 치는 경우마저 있었다.

불과 2차 세계대전 때만해도 레이더의 성능이 현저히 떨어져 적 함대를 찾기 위해서는 정찰선이나, 함재기의 도움을 받아야했다.

지금이야 두 말하면 입이 아플 지경이었다.

싸우기 전에 먼저 적의 위치를 찾는 게 무엇보다 중요했다.

"사후선을 보내 왜국 수군의 위치를 파악하시오!"

"예!"

대답한 어영담은 사후선을 의미하는 기를 장대에 걸었다.

얼마 후, 함대 후미와 좌우 양옆에서 대기하던 사후선 수십 척이 함대 앞으로 나와서는 이내 부산포를 향해 전진하기 시작했다.

다행히 왜군은 부산포 앞바다에서 전열을 정비 중이었다.

부산포 앞바다에 있는 왜군의 전선은 아타케부네와 세키부네를 합쳐 총 80척이었으며 고바야를 합칠 경우, 100여 척이 훌쩍 넘었다.

원래는 부산포와 그 앞바다에 150척에 가까운 전선이 있었지만 기병연대의 공격을 받아 전소하였거나, 아니면 울산으로 먼저 떠나버린 전선이 몇 척 있어 지금은 80척선을 유지하는 중이었다.

왜국 수군을 지휘하는 장수는 도도 다카토라와 와키자카 야스하루였다. 도도 다카토라는 주인을 여러 번 바꾼 자로 왜란 초기부터 수군을 지휘해왔으나 이순신에게 번번이 패해 체면을 구겼다.

이순신에게 번번이 깨지는 도도 다카토라 등을 못마땅하게 여긴 도요토미 히데요시는 용인전투에서 1600명으로 대승을 거둔 와키자카 야스하루를 급히 수군에 보내 이순신을 상대하도록 하였다.

물론, 와키자카 야스하루도 번번이 패해 다시 한 번 체면을 구겼다.

두 사람을 제비뽑기를 하여 임무를 나누었다.

제비 두 개 중에서 짧은 쪽을 뽑은 사람이 울산으로 가서 거기 있는 영주들과 병사들을 실어 대마도로 퇴각하고 긴 쪽을 뽑은 사람은 부산포에 남아서 조선 수군을 상대하든지, 아니면 저지선을 펼쳐 조선 수군이 울산으로 가는 것을 저지하기로 결정했다.

제비를 뽑는 와키자카 야스하루와 도도 다카토라의 얼굴이 긴장으로 일그러져있었다. 원래 제비뽑기는 긴 쪽을 뽑는 게 좋았다.

한데 지금은 둘 다 짧은 쪽을 뽑으려 안간힘을 썼다.

긴 쪽을 뽑으면 지옥의 사신과 다름없는 이순신함대를 다시 상대해야하지만 짧은 쪽을 뽑으면 안전한 울산으로 퇴각할 수 있었다.

뽑기를 마친 후, 노름패를 보듯 서서히 손가락을 내리던 두 사람은 이내 얼굴에 희비가 드러났다. 와키자카 야스하루는 얼굴이 조금 전보다 더 검은빛으로 물들어 거의 죽은 사람처럼 보였다.

와키자카 야스하루가 긴 쪽을 뽑은 것이다.

반면에 도도 다카토라의 얼굴은 담담해보였다.

그러나 입 꼬리가 살짝 올라가는 것은 참을 수가 없는 모양이었다.

둘 다 왜국에서는 줄을 잘 타고 운이 좋기로 유명한 자들이었는데 도도 다카토라의 운이 와키자카 야스하루 운보다 좋은 듯했다.

도도 다카토라는 얼른 자기 함대를 추려 울산으로 내뺐다.

한편, 조선 수군을 막아야하는 와키자카 야스하루는 울상을 지었다.

도도 다카토라가 떠난 지 얼마 지나지 않아 조선 수군이 나타났다.

더구나 상대는 그가 가진 전선보다 더 많은 전선이 있었다.

지금까지의 전황으로 볼 때 상대보다 다섯 배, 아니 열 배가 많다한들 이기기 쉽지 않은 상대인데 숫자마저 더 적은 상황인 것이다.

와키자카 야스하루는 하늘을 보았다.

꾸물거리는 저녁 하늘은 언제든 비를 한바탕 쏟아낼 거처럼 보였다.

"빌어먹을, 내가 고작 이따위 놈들 때문에 겁을 집어먹다니!"

소리를 버럭 지른 와키자카 야스하루는 함대에 서진을 지시했다.

어차피 한 번 맞부딪쳐야할 상대라면 선공이라도 가해야했다.

그러나 운명은 그 마저도 허락하지 않았다.

와키자카 야스하루보다 조선군이 먼저 그들을 발견했는지 한산도에서처럼 학익진을 편 채 그의 수군 함대를 향해서 돌진해왔다.

"속도를 더 높여라! 거리가 벌어지면 손도 써보지 못하고 당한다!"

와키자카 야스하루는 목청이 터져라 외쳤다.

그때, 조선 수군 선두에 있던 판옥선 다섯 척이 선회에 들어갔다.

와키자카 야스하루는 마음이 급해졌다.

판옥선이 선회한다는 말은 포격을 준비 중이라는 증거였다.

"산개하라!"

와키자카 야스하루가 외치는 순간.

선회를 마친 판옥선 다섯 척이 함포를 발사했다.

퍼엉!

와키자카 야스하루는 배의 난간을 잡으며 충격에 대비했다.

다섯 척의 포격이라면 무서울 게 없었다.

기껏해야 서너 척이 가라앉거나, 반쯤 부서지는 피해일 게 분명했다.

그리고 와키자카 야스하루의 대장선 주위에는 10여 척이 있었다.

조선 수군이 발사한 포탄이 그의 배에 닿으려면 10척의 배를 가라앉혀야했다. 와키자카 야스하루는 그럴 리 없다는 것을 알았다.

마침내 포탄이 바다를 단숨에 갈라 왜군 함대에 떨어졌다.

콰아아앙!

지금까지 들어본 적 없는 엄청난 폭음과 함께 세키부네 두 척이 폭발하며 화염을 뿜기 시작했다. 근처에 있던 아타케부네는 불이 붙어 항해불능에 빠진 세키부네와 부딪쳐 서서히 가라앉았다.

그 뿐만이 아니었다.

조선의 판옥선이 발사한 서른 발의 포탄은 경쟁하듯 와키자카 야스하루가 탄 아타케부네를 향해 달려들어 앞에 있는 세키부네를 박살내기 시작했다. 순식간에 예닐곱 척의 세키부네가 불에 타 연기를 뿜거나, 항해불능에 빠져 제멋대로 움직이기 시작했다.

와키자카 야스하루는 빙빙 돌던 세키부네 한 척이 그의 배로 다가오는 모습을 보며 눈을 크게 떴다. 그리고 강렬한 충격이 몸에 전해졌다. 견고한 성 같던 아타케부네 측면이 일시에 터져나갔다.

간신히 정신을 차린 와키자카 야스하루는 얼굴을 만져 보았다.

머리를 부딪쳤는지 피가 줄줄 흘러내렸다.

공포를 느낀 와키자카 야스하루가 소리쳤다.

"배로 함포를 막아라! 절대 이쪽으로 날아오지 못하게 해야 한다!"

와키자카 야스하루의 명에 의해 살아남은 전선들이 그의 아타케부네 앞을 층층으로 막아서며 학익진을 편 조선

함대에 달려들었다.

왜군은 여전히 달라붙어 싸우는 접근전을 선호했다.

판옥선처럼 튼튼하지 못한 관계로 함포를 탑재하지 못해 다른 방법이 없었다. 기껏 해봐야 선수에 한, 두문 탑재하는 게 전부였다.

또, 조총은 일찍 받아들여 전장에서 주 무기로 사용을 했지만 화포는 그렇지 않아서 큐슈의 오토모가문에서나 소수 사용할 뿐이었다.

왜군은 지금도 판옥선에 달라붙어 백병전을 펼치려하였다.

판옥선은 노로 동력을 생산하는 전선이어서 배 좌현과 우현에 바짝 붙으면 노가 움직이지 않아 그대로 항해불능에 빠져버렸다.

이렇게 만든 후 갈고리를 던져 전선 간의 간격을 줄였다.

배가 부두에 정박할 때 밧줄을 지상에 있는 말뚝 등에 묶어 계류(繫留)하는 거처럼 배가 옴짝달싹 못하게 아예 묶어버리는 것이다.

그러고 나선 사다리 등을 이용해 건너가 전선을 탈취했다.

그것도 아니라면 포락화시 같은 화기를 던져서 배를 태워버렸다.

왜국 수군, 아니 엄밀히 말하면 왜국 수군의 전신에 해당하는 왜구(倭寇)는 이러한 전술로 수세기 동안 동아시아 제해권을 제패했다.

그러나 이순신의 등장과 함께 역사는 바뀌었다.

근접해서 백병전으로 몰고 가는 전술은 이제 소용이 없었다.

이순신은 곧바로 명을 내렸다.

"귀선을 보내라!"

"예, 장군!"

어영담은 바로 귀선에 신호를 보냈다.

얼마 후, 함대 2선에 있던 귀선 두 척이 앞으로 나오기 시작했다.

두 척 중에 앞선 귀선 한 척은 용머리에서 연막역할을 하는 연기를 연신 뿜어대었고 조금 옆에서 따르는 다른 한 척은 현자총통으로 철환을 발사했다. 거북선의 용머리에서 유황을 태우지는 않지만 연막을 펼치거나, 소형화포를 설치해 유용하게 사용했다.

귀선, 즉 거북선을 본 왜군들의 얼굴이 하얗게 질렸다.

거북선은 수가 많지 않았다.

가장 많이 운용할 때조차 세 척을 넘지 않았다.

그러나 그 정도면 충분했다.

상갑판 위에 못을 단 지붕이 있어 왜군은 어찌할 방도가 없었다.

  6

왜군이 자랑하는 근접전이나, 조총사격이 전혀 통하지 않는 것이다.

갑판 위에 뛰어들려고 해도 못과 지붕으로 막혀있으니 불가능했다.

또, 조총을 쏘아도 거북선의 외피를 두른 두꺼운 나무갑판을 뚫기 어려웠다. 이 거북선을 쓰러트리려면 엄청난 화공을 쓰거나, 아니면 함포로 직접 때려 부셔야하는데 왜군에겐 둘 다 어려웠다.

콰앙!

세키부네로 막은 방어선을 돌파한 거북선은 마침내 포문을 열었다.

펑펑펑!

철환과 함께 조란환 수천 발이 양 옆으로 날아가 왜군의 주력 전선인 세키부네를 박살내기 시작했다. 철환이 아무리 무쇠덩이에 가까운 고체탄이라고 해도 갑판이나 뱃전을 부술 수는 있었다.

거기다 철환 뒤에 날아가는 조란환은 지옥 그 자체였다.

수백, 수천 발의 조란환이 산탄처럼 사방으로 퍼져갔다.

거북선의 좋은 점은 장갑을 두른 거 외에 하나가 더 있었다.

판옥선은 적선을 공격하기 위해서는 반드시 좌현, 또는 우현 한 쪽을 쏘려는 방향, 즉 적선을 향해 겨누어야하는 단점이 있었다.

다시 말해 적선을 공격하기 위해서는 옆으로 틀어야했다.

반면에 거북선은 그럴 필요가 없었다.

거북선이 싸우는 해역에는 당연히 아군보다 적선이 훨씬 많았다.

거북선을 만든 주요 목적이 적의 방어선을 일시에 돌파한 후 진형을 흩트려 아군 전선이 공격하기 쉽도록 만드는 것이어서 어쩌면 당연한 일이었는데 그렇다보니 주위는 항상 적선으로 가득했다.

거북선은 적선을 공격하기 위해 굳이 좌현이나, 우현 중 하나를 적선에 노출시킬 필요 없이 그냥 앞으로 가면서 함포를 쏘면 되었다.

그럼 좌우 양현에 있는 함포가 주위에 있는 적선을 공격했다.

콰콰콰쾅!

거북선이 뚫고 지나간 자리는 그야말로 처참했다.

수십 척으로 이루어진 대함대가 전장에 처음 나온 오합지졸처럼 서로 엉겨 붙어 함대인지, 고깃배인지 알기 힘들 지경으로 변했다.

이순신은 바로 지시했다.

"전 함대 전진해 공격하라!"

곧 함대는 날개를 펼친 학처럼 진형이 흐트러진 왜군 함대를 덮쳤다.

이순신의 지휘는 아주 정교했다.

전선 90척을 세 개 함대로 나누어서 이억기, 이운룡, 권준에게 각각 준 후 한 번에 30척씩 앞으로 이동하게 한 후 그 사이 나머지 60척은 그 자리에 멈춰서 이동하는 아군을 엄호하도록 하였다.

이억기함대가 이동할 때는 이운룡과 권준의 함대가 옆에서 엄호를, 이운룡함대가 이동할 때는 반대로 이억기함대와 권준의 함대가 앞과 뒤에서 엄호를, 마지막으로 권준의 함대가 이동할 때에는 앞에 있는 이억기함대와 이운룡의 함대가 권준함대를 엄호했다.

마치 톱니바퀴가 돌아가는 듯한 정교한 전술이었다.

거친 바다에서 이런 작전을 정밀하게 수행하는 것은 힘든 일이었다.

그러나 이순신과 그를 따르는 장수들은 이를 해냈다.

사방에서 함포를 얻어맞은 와키자카의 함대는 빠르게 수가 줄었다.

급기야 와키자카의 대장선을 보호하는 세키부네가 모두 침몰해 결국 와키자카의 대장선이 앞에 나와 공격을 이끌어야할 판이었다.

가장 먼저 움직인 이억기함대에 세키부네 10여 척이 달라붙었다.

그러나 이억기함대는 함포와 활 등 원거리무기를 적극 활용해 떼어냈다. 아무리 판옥선이 세키부네보다 크다고 해도 양 옆으로 왜선이 달라붙어 노를 막아버리면 항해불능에 빠져 고립이 되었다.

전투를 시작한지 불과 두 시간이 지났을 무렵.

퍼엉!

함포소리가 잦아들기 시작하며 이제는 간헐적으로 들려왔다.

와키자카의 대장선 역시 사방에서 함포를 얻어맞아 침몰 중이었다.

와키자카 야스하루는 물이 들어오는 선체를 보며 쓴웃음을 지었다.

그리고 잠시 후 배가 완전히 가라앉으며 그도 같이 모습을 감췄다.

그야말로 대승이었다.

한산도와 부산포해전에 이어 또 한 번 대승을 거둔 것이다.

이 전투는 훗날 2차 부산포해전이라 불리게 되었다.

5장. 일시적인 종전(終戰)

NEO ALTERNATIVE HISTORY FICTION

光海錄

5장. 일시적인 종전(終戰)

이순신은 노을이 지는 하늘을 보다가 고개를 내렸다.

수십 척의 적선이 바다 속으로 가라앉았거나, 가라앉는 중이었다.

10여 척의 왜선이 해안가로 달려가서는 배를 버린 채 뭍으로 도망치려했지만 이순신이 미리 보내놓은 사후선에 걸려 실패하였다.

거친 파도 속에서 적선의 부서진 선체와 왜국 수군병사들이 시신이 뒤엉켜 참혹한 광경을 자아냈다. 거기다 선체가 타며 생긴 연기와 붉은 화염이 사방에서 솟구쳐 오르니 지옥이 따로 없었다.

어영담이 기뻐하며 소리쳤다.

"장군, 대승입니다!"

"다행이오."

담담하게 대꾸한 이순신은 동쪽에서 급히 오는 사후선을 보았다.

사후선 위에 급(急)자 깃발이 달려있었는데 급한 전갈인 모양이었다.

벌떡 일어난 이순신은 장대에서 선상으로 내려와 소리쳤다.

"어서 끌어올려라!"

잠시 후, 사후선에 타고 있던 전령이 수부(水夫)들에 의해 올라왔다.

"무슨 일이냐?"

이순신의 물음에 전령은 급히 바닥에 엎드려 고했다.

"세자저하께서 부산에서 패한 왜장들이 울산에 집결해 본국으로 퇴각하려는 거 같으니 어서 이를 추격하라는 명을 내리셨습니다."

"알았다."

전령을 돌려보낸 이순신은 바로 추격함대를 편성했다.

이순신의 마음이 이혼의 마음이었다.

조선의 강토를 유린한 왜장은 그 누구든 살려 보낼 생각이 없었다.

설령 목숨을 잃는 한이 있더라도 반드시 막을 생각이었다.

그게 전란 중에 죽어간 백성과 부하들에 대한 최소한의
예의였다.

이순신은 가장 신임하는 권준을 보내 울산성에서 본토
로 도망치려는 왜장들을 조선의 앞바다에 모두 수장시키
라는 지시를 내렸다.

그러나 날이 저문 데다 주변 바다의 파도마저 거세어 쉽
지 않았다.

권준이 다음 날, 허겁지겁 울산성 앞바다에 도착했을 때
는 이미 왜선 수십 척이 부산 오른쪽을 크게 우회해 대마
도로 도망친 후였다.

왜장들이 배에 올라 떠났다는 소식은 이혼도 강문우의
정찰대대의 소식을 통해 들었다. 이혼은 대기하던 육군에
바로 울산성을 점령하라는 지시를 내렸는데 부산포와 달
리 소개가 끝나 있었다.

창고와 항구는 물론이거니와 왜성의 축조방식으로 지어
진 성채를 태워 십리 밖에서도 검은 연기와 붉은 화염이
보일 지경이었다.

원래 울산왜성은 정유재란 때 지어진 성이었으나 이혼
이 하삼도에 내려와서는 바로 부산 쪽을 압박함에 따라 왜
군 수뇌부는 부산포를 지원하거나, 아니면 만일의 경우에
퇴각하기 위한 장소로 울산을 선택해 상당히 튼튼한 성을
지었고 그 효과를 보았다.

보고를 받은 이혼은 긴장해있던 몸을 의자에 깊숙이 묻었다.

딱딱한 의자가 지금은 융단보다 더 푹신한 거 같았다.

'이제야 한 고비를 넘었구나.'

어쩌면 가장 큰 고비일 수 있었는데 다행히 계획대로 이루어졌다.

왜군을 장마가 오기 전에 조선 땅에서 모두 몰아낸 것이다.

아직 수백, 수천의 왜군이 섬과 육지 곳곳에 숨어 있을 가능성이 있었지만 어쨌든 왜군 본대는 울산성에서 출발해 대마도로 떠났다.

이혼은 이번 전투에서 잃은 한극함과 유경천 등의 얼굴이 떠올랐다.

다행히 운이 좋아 이번 전투에서 승리를 거두었지만 이혼, 아니 조선군은 적지 않은 피해를 입어 상처를 회복할 시간이 필요했다.

그리고 상처를 회복한 후에는 미루어두었던 일을 처리할 차례였다.

왜선이 대마도로 떠난 후 후두둑하는 소리가 들려왔다.

부산포에 들어와 있던 이혼은 급히 밖으로 나가보았다.

근처에 있던 사람들 역시 이혼이 나온 지도 모른 채 하늘을 보았다.

이혼의 고개 역시 하늘로 향했다.

검은색을 칠한 듯한 구름 속에서 손톱만한 빗방울이 뚝 뚝 떨어졌다.

그 동안 바짝 말라있던 대지에 소나기가 쏟아지며 먼지가 사방으로 날렸다. 그리고 뒤이어 엄청난 양의 폭우가 쏟아지기 시작했다.

사람들은 그제야 비를 피해서 처마 밑이나, 나무 밑으로 뛰어갔다.

이혼은 말없이 비를 맞다가 고개를 돌렸다.

언제 다가왔는지 기영도가 기름을 먹인 우산을 씌워주었다.

"감기 드십니다. 예부터 오뉴월 감기는 조심해야한다지 않습니까?"

"오뉴월 감기는 개도 안 걸릴 만큼 지독하단 말이 하고 싶은 건가?"

"소인이 어찌 저하께……."

이혼은 안도의 숨을 내쉬었다.

"그나저나 운이 좋았어. 정말 좋았어."

"예, 저하. 하늘이 조선, 아니 저하를 돕나봅니다."

이혼은 기영도의 말을 들으며 처소 안으로 들어가 정탁을 불렀다.

정탁은 죽은 한극함을 대신하여 참모장 임무를 수행 중에 있었다.

"장마가 오려는 거 같으니 수군은 각 부두에 정박해 내 명을 기다리라 하시오. 또, 육군은 무기와 물자가 물에 젖이 않도록 신경을 쓰라하시오. 왜군은 물러갔을 뿐이지, 전쟁이 끝난 게 아니오."

정탁의 얼굴에 먹구름이 살짝 끼었다.

"그렇게 보십니까?"

"도요토미 히데요시는 이미 인성을 상실한 자요. 아니, 병리학적으로 볼 때 노인성질환을 앓고 있는 중이요. 즉, 분별이 힘든 상태이니 도망친 부하들에게 화를 내며 다시 전투를 종용할 것이오."

"또 다시 쳐들어온다면 큰일이 아닙니까? 저하께는 아직 해결하지 못한 큰 문제가 있는데 다시 전투의 수렁에 빠져선 안 됩니다."

정탁의 말에 이혼은 고개를 저었다.

"그렇게 빠르게 재침략해오지는 못할 것이오. 이번에 잃은 병력과 물자가 상당하니 그걸 복구하기 위해선 몇 년 이 필요할 것이오."

"그 말씀은 북쪽에 있는 문제를 해결할 시간이 있다는 말이군요."

"그렇소."

이혼은 정탁과 상의를 거친 후 유성룡을 불렀다.

"하삼도 각 관청의 복구는 얼마나 진행이 되었소?"

"전라도와 충청도는 어느 정도 끝났으나 경상도는 미흡한 편입니다."

"김면과 김성일 두 사람과 협의해 빨리 복구토록 하시오."

"예, 저하."

"복구한 고을의 수령에게는 수해에 대비하라는 지시를 내리시오."

"알겠습니다."

이혼은 잠시 생각한 후에 물었다.

"왜군이 물러갔다는 사실을 하삼도에 소문을 내면 어떨 거 같소?"

유성룡은 바로 대답했다.

"신도 막 그 생각을 하던 차입니다. 장마가 끝나는 대로 북상하시어 도성을 세력권 안에 두는 것이 중요하니 그 전에 하삼도의 민심이 저하께 향하도록 만들어야합니다. 아주 시급한 일이지요."

"그럼 그 문제도 대감이 같이 처리해주시오."

"예, 저하."

이혼은 그 날 밤 장맛비가 추적추적 내리는 가운데 유성룡, 정탁과 향후 계획을 실행함에 있어 어떤 방법이 좋을지 논의하였다.

논의 끝에 나온 방법 중 하나는 하삼도의 민심을 모으는 일의 시작으로 조선의 강토를 유린한 왜장의 처형이 좋겠다는 거였다.

이혼도 동의했다.

성난 민심, 조정에 등을 돌린 민심을 되돌리기 위해서는 전근대적인 방법이기는 하나 전범, 즉 왜장의 공개처형이 좋은 수단이었다.

현재 이혼이 잡은 왜장은 두 명이었다.

한 명은 방덕룡이 잡아온 우키타 히데이에였다.

그리고 다른 한 명은 창원의 웅천왜성 근처에서 사로잡은 고니시 유키나카의 사위이며 현재 대마도 도주로 있는 소 요시토시였다.

이혼은 소 요시토시의 처형에는 반대했다.

"이 자는 쓸모가 많은 자요."

"알겠습니다. 그럼 날이 갤 때를 기다려 시작하겠습니다."

유성룡의 말에 이혼은 고개를 끄덕였다.

그로부터 며칠 후 계속 내리던 장맛비가 잠깐 멈추었다.

이혼은 거처를 부산포에서 부산진성(釜山鎭城)으로 옮겼다.

한데 엄밀히 말하면 부산진성은 아니었다.

기존에 있던 부산진성은 고니시 유키나카가 함락한 후 허물어버렸고 그 자리에 다시 왜성을 쌓아 증산성이란 이름을 새로 붙였다.

임진왜란 개전일인 1592년 4월 13일, 도요토히 히데요시의 명령을 받은 1번대 대장 고니시 유키나카는 사위 소요시토시 등과 함께 전선과 수송선을 합친 600여 척의 배로 1만8천명을 수송해 부산 절영도(絕影島)근처에 상륙한 후 거기서 하룻밤을 보냈다.

왜군 대선단의 부산 상륙을 해상에서 막아야하는 의무가 있었던 경상좌수사 박홍은 왜군이 절영도에 상륙하는 것을 허용한 후 동래로 도망쳤으며 이어 막아야할 의무가 있는 경상우수사 원균은 왜군의 함대가 대규모임을 보고 지레 놀라 함대를 자침시켰다.

거의 방해 없이 절영도에 상륙을 마친 고니시 유키나카는 다음 날 절영도 근처에 있는 가장 중요한 요충지인 부산진성을 공격했다.

당시 부산진성에는 경상좌수사 박홍의 수하인 부산진첨절제사(釜山鎭僉節制使), 즉 부산첨사(釜山僉使) 정발(鄭撥)이 불과 600명의 병사로 저항 중이었는데 병력의 차이가 커서 결국 점령당했다.

이때, 정발 등 600명의 병사가 목숨을 돌보지 않은 채 맹렬히 저항하니 이에 감탄한 고니시 유키나카가 정발의 시신을 싸서 고향에 돌려보낸 후 부산진성에는 의를 기리는 탑을 세웠다고 한다.

그렇게 부산진성은 조선의 성 중에서 가장 먼저 왜적에게 빼앗겼다.

이산은 부산진성에 들어와 성 안을 둘러보았다.

조선 성채의 모습은 거의 사라졌고 그 대신 왜성이 들어서있었다.

성벽은 약해보였지만 안이 복잡하게 나뉘어져있었으며 높이 솟은 혼마루 사방에는 총안과 활을 쏘는 구멍, 감시하는 구멍이 있었다.

왜군은 이런 성을 만들어 농성하는 방법을 자주 사용했다.

심지어는 몇 달 동안 농성한 기록마저 있었는데 안이 복잡하게 나뉘어져 있어 일일이 점령하며 혼마루로 가다보면 시간이 걸렸다.

영주는 혼마루 꼭대기에 처소가 있어 저항하거나, 전투를 지휘했다.

혼마루마저 완전히 포위당해 더 이상 저항이 힘든 경우에는 혼마루 밑에 불을 질러 스스로 자길 가둔 후 일가족과 함께 자결했다.

왜국의 영주들은 스스로를 사무라이라 생각해 적에게 잡혀 처형당하거나, 인질로 잡히는 것을 씻을 수 없는 치욕으로 생각했다.

그래서 막판에 몰리면 서둘러 할복하는 영주들이 많았다.

만약, 왜군이 야전이 아니라, 이 부산진성에서 저항했다면 조선군은 훨씬 쉽게 부산진성을 탈환하고 적에게 큰 피해를 줬을 것이다.

혼마루는 조총이나, 활을 쏘는 적군을 상대하기 위한 구조이지, 근위사단처럼 폭발형 유탄을 사용하는 부대를 위한 게 아니었다.

혼마루에 한방만 제대로 쏴도 저 큰 건축물은 폭삭 주저앉을 것이다.

왜군의 선택은 탁월했으나 결국에는 이혼이 이겼다.

이유가 운이든, 실력이든, 뭐든 간에 이겼으니 그가 승자인 것이다.

왜군이 가장 먼저 점령한 부산진성을 이혼이 선택한 데에는 상징적인 의미가 있었다. 왜군이 가장 먼저 점령한 이 부산진성에서 왜군의 총대장 우키타 히데이에를 처형하면 왜국의 침략군에 대한 응징의 의미이자 조선의 승리를 만천하에 드러내는 셈이었다.

부산진성으로 백성 수천 명이 구름떼처럼 몰려들었다.

왜군 총대장 우키타 히데이에의 처형을 구경하기 위해서였다.

왜군에게 1년 넘게 점령을 당하며 막대한 인적, 물적 손실을 입은 경상도는 왜군에 대한 적개심이 대단해 분노가 하늘을 찔렀다.

부산진성 커다란 공터에 마련한 처형장은 아침부터 모여든 백성들로 인해 인산인해를 이루어 발 디딜 틈이 거의 없을 지경이었다.

　날이 조금 갠 정오 무렵.

　둥둥둥!

　어디선가 북소리가 울리더니 바깥에서 몇 사람이 걸어왔다.

　맨 앞에 선 사람은 의전용 갑옷을 입은 훤칠한 체격의 장군이었다.

　눈은 부리부리했으며 턱은 돌도 씹어 먹을 만큼 단단했다.

　또, 어깨는 떡 벌어져서 제법 큰 머리가 전혀 커 보이지가 않았다.

　손에 창을 쥔 채 당당히 걷는 모습이 마치 하늘의 신장(神將)같았다.

　그는 바로 해병대 대장 방덕룡이었다.

　백성들은 방덕룡의 늠름한 모습에 환호와 갈채를 보냈다.

　이어서 백성들의 시선은 방덕룡 뒤에 있는 사람들에게 옮겨갔다.

　두 명은 죄인을 호송하는 나졸이 분명했다.

　그렇다면 나졸 사이에 있는 자는 죄수일 것이다.

나졸 사이에는 앞머리가 없는 왜인 하나가 걷고 있었는데 손은 포승줄에 묶여있었고 입에는 자결하지 못하도록 재갈이 물려있었다.

그때, 백성 사이에서 누군가가 소리쳤다.

"저 놈이 왜군 두목이다!"

그 순간, 구경하던 백성들이 우르르 몰려들었다.

처형장 치안을 맡은 병사들이 막아선 후에야 진정국면에 들어갔다.

그러나 백성들은 여전히 화를 참지 못해 욕을 하거나, 침을 뱉었다.

나졸은 공터에 세워놓은 처형장에 우키타 히데이에를 데려가 무릎을 꿇렸다. 그리고 방덕룡은 그 옆에 우뚝 서서 움직이지 않았다.

잠시 후, 다시 한 번 북소리가 울려 퍼지더니 부산진성 동헌 방향에서 화려한 갑옷을 입은 당당한 체구의 청년이 모습을 드러냈다.

그 주위에는 범과 같은 장수들이 호위하듯 에워싸고 있었으며 관복을 입은 문관도 청년을 따라 처형장으로 걸음을 옮기고 있었다.

청년의 정체는 다름 아닌 이혼이었다.

"세자저하시다!"

백성 중 누군가가 다시 소리쳤다.

그 순간, 모여든 백성들이 엎드려 이혼에게 절을 올렸다.

누가 시켜서 하는 절이 아니었다.

그야말로 진정에서 나오는 절이었다.

경상도 백성에게 이혼은 구세주와 다름없었다.

왜군에게 1년 가까이 수탈당하는 동안, 희망은 절망으로, 삶은 죽음으로 바뀌었는데 이혼이 나타나 그들에게 다시 자유를 주었다.

이혼은 백성의 인사를 받으며 낭랑한 소리로 외쳤다.

"모두 일어나시오!"

백성들은 몇 차례 더 권한 후에야 자리에서 일어나 시립했다.

그 만큼 이혼에 대한 백성들의 신망이 아주 두터웠다.

이혼은 처형장으로 올라가 미리 마련해둔 의자에 앉았다.

이혼 좌우에는 정탁과 유성룡, 이순신 세 명이 시립했다.

정탁은 근위사단의 참모장이었고 유성룡은 정치자문이었다.

또, 이순신은 삼도수군 통제사로 정탁, 유성룡과 비슷한 위치였다.

세 사람 뒤에는 다시 전라사단 사단장 권율, 경상사단

사단장 곽재우, 전라수사 이억기, 경상수사 이운룡 등 네 명이 각기 자리했다.

이들 네 명은 육군과 수군의 중추적인 장수들로 각기 독립작전이 가능한 사단급 규모의 군대를 통솔하는 핵심적인 위치에 있었다.

이혼이 굳이 휘하 장수들을 모두 불러들인 이유는 이러한 장수들이 그의 지시를 따른다는 사실을 백성들에게 보여주기 위해서였다.

의자에 앉은 이혼은 나졸에게 명했다.

"재갈을 풀어주어라!"

"예, 저하!"

대답한 나졸 하나가 우키타 히데이에의 입을 막은 재갈을 풀었다.

다소 피곤해 보이는 우키타 히데이에는 말없이 이혼을 응시하였다.

보름 가까이 말을 하지 못해 답답했을 텐데도 말없이 앉아있었다.

이혼은 담담한 음성으로 물었다.

"네가 우키타 히데이에가 맞느냐?"

이혼의 말을 동석한 항왜연대 연대장 웅태가 통역했다.

웅태는 그 동안 우리말이 더 늘어 통역이 가능한 수준이었다.

웅태의 통역을 들은 우키타 히데이에가 고개를 끄덕였다.

"그렇소."

"네가 왜국 비젠의 영주인 것과 도요토미 히데요시의 명에 의해 작년에 쳐들어온 조선침략군의 총대장이라는 게 모두 사실인가?"

"그렇소."

우키타 히데이에는 이미 포기했는지 순순히 대답했다.

이혼은 다시 물었다.

"조선을 점령한 후에는 도요토미 히데요시가 그 동안 점령한 조선의 강토를 너에게 영지로 내려준다는 말을 직접 한 적이 있느냐?"

"있소."

우키타 히데이에의 고개가 다시 움직였다.

이혼은 자리에서 일어나 물었다.

"너는 조선에 침략하여 병사와 백성들을 살해한 죄를 인정하느냐?"

잠시 말이 없던 우키타 히데이에는 작은 목소리로 대답했다.

"나는 사무라이일 뿐이오. 그건 내가 인정하고 말고 할 게 아니오."

"그저 사무라이의 한 사람으로서 도요토미 히데요시의

명을 받아 실행했을 뿐, 너희들에게는 죄가 없다는 말을 하는 것이냐? 그럼 조선 백성들의 재산을 강탈한 일 역시 인정하지 못하겠구나."

"그렇소."

이혼은 분노한 얼굴로 소리쳤다.

"우선 이 자리에서 널 처형하여 조선의 국기(國紀)를 바로 세운 후 도요토미 히데요시를 비롯한 전범들을 잡아 그 죄를 물을 것이다!"

정탁과 유성룡, 이순신 등은 이혼의 말에 깜짝 놀라는 표정이었다.

그들 외에는 그 의미가 무엇인지 몰랐다.

이혼은 도요토미 히데요시를 잡아서 그 죄를 묻는다고 하는데 수 천리 뱃길 너머에 있는 도요토미 히데요시를 어떻게 잡겠는가.

그 말은 즉, 왜국에 쳐들어가 직접 도요토미 히데요시를 잡겠다는 말이어서 복수를 위해 쳐들어가겠다는 선언을 한 거와 같았다.

이혼의 명이 떨어진 직후, 방덕룡이 직접 칼을 들었다.

이혼은 눈을 부릅뜬 채 방덕룡의 칼이 올라갔다가 내려가는 광경을 보았다. 수십 번의 전투를 치르며 사람이 죽어가는 모습을 줄곧 보아왔으나 처형장면을 보는 것은 또 다른 의미의 충격이었다.

그러나 눈을 감거나, 고개를 돌리지는 않았다.

부하와 백성들 앞에서는 강한 모습을 보여야했다.

우키타 히데이에 수급은 곧바로 부산진성 정문에 효수되었다.

그리고 효수가 다 끝난 후에는 부산 외곽에 몸과 같이 묻어주었다.

우키타 히데이에를 처리한 이혼은 소 요시토시를 불렀다.

진주성 감옥에 갇혀 엄중한 감시를 받던 소 요시토시는 얼마 전 부산진성으로 이감(移監)명령을 받아 이곳 감옥에 수감 중이었다.

소 요시토시는 장인 고니시 유키나카처럼 기리시탄이었다.

즉, 가톨릭을 믿는 영주였다.

조총이 큐슈의 다네가섬에 처음 상륙했듯이 서양 문물은 서쪽에 있는 큐슈를 중심으로 받아들여졌는데 종교도 예외가 아니었다.

그래서 큐슈에 영지가 있거나, 큐슈와 거리적으로 가까운 영주들 중에 많은 수가 예수회 선교사로부터 선교를 당한 기리시탄이었으며 대표적인 기리시탄으로는 고니시 유키나카, 오토모 소린, 다카야마 우콘, 아리마 하루노부, 오무라 스미타다 등이 있었다.

반면에 큐슈에서 먼 관동지방에 있는 영주들은 불교신자가 많았다.

어쨌든 기리시탄은 종교적인 이유로 할복을 포함한 어떤 방식으로든 자결할 위험이 거의 없어 소 요시토시 역시 구속을 덜 받았다.

이는 재갈까지 물린 우키타 히데이에와 다른 점이라 할 수 있었다.

소 요시토시는 순순히 끌려와 이혼의 앞자리에 앉았다.

그런 소 요시토시 뒤에는 기영도가 칼에 손을 얹은 채 대기했다.

소 요시토시가 이혼을 상대로 조금이라도 허튼짓하는 날에는 기영도의 칼에 단숨에 목이 잘려 머리가 없는 신세로 전락할 것이다.

이혼은 소 요시토시의 얼굴을 먼저 살폈다.

주는 밥을 꼬박꼬박 먹었는지 포로치고는 얼굴이 꽤 괜찮아보였다.

"우리말을 할 줄 안다고?"

소 요시토시는 지체 없이 우리말로 대답했다.

"조금 합니다."

"조금 하는 걸로는 부족하지. 항왜연대장!"

"예, 저하."

이혼은 웅태를 불러서 그에게 통역을 지시했다.

"대마도는 대대로 조선과의 관계가 나쁘지 않은 편이었다. 아니, 좋은 편이었다고 하는 게 더 맞겠지. 한데 저들의 선봉장을 맡아 조선에 쳐들어오다니 그대들은 은혜를 원수로 갚은 게 아닌가?"

소 요시토시는 고개를 연신 저었다.

"송구하오나 저나, 제 장인어른은 태합(太閤)의 지시를 거스를 수가 없었습니다. 오히려 선봉에서 싸우지 않았으면 의심을 받아 영지를 모두 몰수당했을 겁니다. 부디 이 점을 양해하여주십시오."

"태합이면 도요토미 히데요시말인가?"

"그렇습니다."

이혼은 미간을 살짝 찌푸렸다.

"그렇다고 해도 네 죄가 사라지는 것은 아니다."

소 요시토시는 고개를 푹 숙였다.

"알고 있습니다."

"우키타 히데이에가 목이 잘려 죽은 사실은 알고 있나?"

"방금 전에 들었습니다."

"그는 총대장으로 당연히 죽어야하는 자였으나 너는 한낱 하수인에 불과하다. 오히려 전쟁이 벌어지면 손해를 보는 쪽에 속하지."

이혼의 말에서 희망을 본 듯 소 요시토시의 고개가 다시 올라왔다.

"맞습니다. 저희 대마도는 조선과의 관계가 무엇보다 중요한 곳입니다. 대마도는 조선과 왜국 사이가 좋아야 먹고 살 수 있습니다."

"그렇다면 너에게 구미가 당기는 제안을 하나 하겠다."

소 요시토시는 숨도 쉬지 못한 채 이혼의 말을 기다렸다.

이혼은 잠시 뜸을 두었다가 입을 열었다.

"대마도에 돌려보내주겠다. 대신, 왜국의 동향을 파악해 알려다오."

이혼의 말이 끝나는 순간, 소 요시토시의 얼굴은 잔뜩 일그러졌다.

"저보고 첩자노릇을 하라는 말입니까?"

"첩자를 하라는 게 아니다. 너와 네 장인이 도요토미 히데요시의 야욕을 멈출 능력이 없다면 돌아가는 상황이나 알려달라는 것이다."

"그게 첩자가 아니면 무엇입니까?"

"조선과 왜국의 평화를 위해 일한다고 생각하면 더 편할 것이다. 만약에 도요토미 히데요시가 야욕을 완전히 버리지 못해 또 다시 조선을 침략하려한다면 너는 작년과 똑같이 행동하면 된다. 선봉으로 쳐들어오든, 뭘 어떻게 하든 나는 전혀 상관하지 않겠다."

소 요시토시는 몇 가지 물어본 후에 이혼의 제안을 수락했다.

며칠 후, 소 요시토시는 감옥에서 탈출해 밀항선에 올랐다.

물론, 감옥을 열어준 사람도, 밀항선을 준비해준 사람도 이혼이었다.

떠나는 소 요시토시를 보며 정탁이 물었다.

"대마도주가 저하의 계획을 왜국에 발설하지 않을 거라 보십니까?"

"해도 좋고 안 해도 큰 상관은 없을 것이오."

"무슨 뜻입니까?"

"발설한다면 도요토미 히데요시는 뭔가 꺼림칙한 기분을 느껴 재침략할 시기를 뒤로 연기하거나, 아니면 야욕을 꺾을 것이오. 반대로 그가 왜국 조정에 발설하지 않은 채 내 말대로 따라준다면 왜군이 언제 재침략해올지 알 수가 있으니 좋은 일이 아니오?"

"도요토미 히데요시가 대마도주에게 사정을 듣고 나서는 오히려 전보다 화가 나 재침략시기를 앞당기려 할 위험은 없는 겁니까?"

"시기를 앞당긴다면 준비가 부족할 것이니 충분히 막아낼 수 있소."

말을 마친 이혼은 하늘을 보았다.

하늘은 다시 비를 뿌리려는 듯 먹구름이 잔뜩 끼어있었다.

이혼은 저 장마가 끝나는 날이야말로 그가 다시 움직여

야하는 때임을 알았다. 그러나 지금 수준의 군사력으로는 앞날이 험난했다.

그리고 다시 침략해올지 모르는 왜군을 막기 위해서라도 지금보다 한 차원 높은 무기가 절실히 필요했다. 다행히 시간은 있었다.

장마 동안에는 서로 움직이기 어려우니 시간이 있는 것이다.

이혼은 처소에 돌아와 곰곰이 생각했다.

'뭐부터 해야 하나? 화약의 질을 높이는 게 우선일까? 아니면 죽폭이나, 용조, 용염을 개량하는 게 나을까? 그도 아니라면 소룡포에 주퇴복좌기를 달아서 연사속도를 지금보다 높이는 게 좋을까?'

여러 생각을 해보았지만 결국에는 한 가지 생각으로 귀결되었다.

바로 개인화기의 개량이었다.

지금 조선군, 아니 근위사단은 왜군에게 강탈한 왜국의 철포와 그걸 다시 복제해 만든 조선식 조총 두 가지를 같이 사용하였다.

물론, 대량으로 생산하기에는 시간이 절대적으로 부족해 왜국의 철포에 의지하는 바가 컸는데 종이탄피를 도입하는 등 여러 노력에도 불구하고 개인화기에서 적을 압도하지는 못하는 중이었다.

이혼은 왜국에서 생산한 조총을 한 자루 가져와 살펴보았다.

화승을 물리는 용두와 문약을 넣는 약실, 조악한 방아쇠가 있었다.

이혼이 알기로 개인화기는 처음에 조총, 즉 화승총(火繩銃)에서 시작해 격발방식의 발전에 따라 수석총(燧石銃), 뇌격총(雷擊銃) 등으로 발전해 마지막에는 후장식 선조총으로 형태가 바뀌었다.

그리고 이 후장식 선조총이 현대 군인이 사용하는 개인화기의 기본이어서 후장식 선조총을 만든다면 적을 압도하는 게 가능했다.

'후장식 선조총이라……'

후장식 선조총에는 크게 두 가지 격발방법이 있었다.

하나는 볼트액션방식이었다.

이는 볼트, 우리말로 노리쇠라 불리는 장치로 격발하는 방식이었다.

장전방법은 우선 노리쇠에 부착한 손잡이를 이용해 노리쇠를 뒤로 당기면 약실이 모습을 드러냈다. 사수는 이 개방해둔 약실에 탄환을 장전한 다음, 노리쇠손잡이를 밀어 다시 약실을 폐쇄했다.

이는 조총의 장전방식과 비교해보면 그야말로 천양지차였다.

노리쇠를 당겨서 약실을 개방한 후에 탄환을 장전하고 다시 닫으면 장전이 끝나 조총보다 몇 배 빠른 속도로 연속사격이 가능했다.

사수가 장전한 후에 방아쇠를 당기면 노리쇠를 고정해 주던 장치가 풀리며 노리쇠가 앞으로 튀어나가 약실에 있는 탄환을 때렸다.

두 번째는 격발방법은 레버액션이었다.

리볼버권총이나, 윈체스터장총이 대표적인데 레버를 당겨 고정한 후 레버가 원래 자리로 돌아가는 힘으로 격발하는 방식이었다.

이혼은 볼트액션과 레버액션 두 가지 격발방식을 놓고 고민했다.

그러나 의외로 결론은 빨리 나왔다.

볼트액션은 1, 2차 세계대전을 포함한 여러 전쟁에서 보병의 주요 무기로 채택을 받았지만 레버액션은 사냥할 때나, 미국의 서부개척시대에 잠시 유행했을 뿐, 볼트액션에 비해 효율적이지 못했다.

그 이유로는 여러 가지가 있었으나 볼트액션은 사수가 엎드린 채 장전이 가능한 반면에 레버액션은 그러기 쉽지 않다는데 있었다.

군대에서 엄폐, 은폐를 강조하는 데는 이유가 있었다.

적에게 노출당하는 지점이 적을수록 생존확률이 올라가

는 것이다.

그래서 사격 시, 가장 좋은 자세는 엎드려서 하는 사격
이었다.

엎드려 사격하면 적에게 노출당하는 곳이 적어 생존확
률이 올라감과 동시에 지면이 몸을 지탱해주어 조준을 정
확히 할 수 있었다.

볼트액션은 엎드려 쏘기에 가장 편한 방식이었다.

그리고 이런 점에서 볼트액션은 레버액션보다 훨씬 뛰
어났다.

심지어 21세기에 들어서도 볼트액션은 그 정확성으로
인해 저격총의 격발방식으로 사용할 정도여서 이혼은 볼
트액션을 선택했다.

결정을 내린 이혼은 그 자리에서 바로 설계도를 그려나
갔다.

'구조는 무조건 단순해야한다. 그래야 장인들이 제작할
수가 있다.'

이혼의 손놀림이 바빠졌다.

다음 날 아침, 밤을 새워 눈이 빨개진 이혼은 어제 밤에
구상한 신형 소총의 설계도를 든 채 이장손이 있는 대장간
으로 이동했다.

고분도리에 있던 이장손과 그의 지휘를 받던 대장장이
수십 명은 본부연대가 남하할 때 같이 남하해 현재는 부산

진성에 머물렀다.

이혼을 본 대장장이들은 처음처럼 크게 긴장하지는 않았다.

이혼이 거의 매일 들러 이제는 이런 상황에 익숙해진 것이다.

대장간에서 막 나온 이장손이 이마의 땀을 수건으로 닦으며 물었다.

"오셨습니까?"

"오늘은 생산량이 좀 늘었는가?"

"예, 오늘은 습기가 덜해 전보다는 한결 할 만합니다."

"이리 와서 이걸 한 번 보게."

이혼은 이장손에게 그가 구상한 신형 소총의 설계도를 보여주었다.

이장손은 여러 장으로 나뉜 설계도를 넘겨보며 깜짝 놀랐다.

"이게 다 무엇입니까?"

"신형 소총의 설계도일세. 이건 단면이고 이건 정면, 이건 위에서, 이건 앞에서 보았을 때의 설계도이지. 어떤가? 가능해보이는가?"

이혼은 이장손에게 신형 소총의 구조에 대해 가르쳤다.

다행히 이장손은 이런 방면에는 아주 뛰어나 바로 핵심을 이해했다.

이장손은 설계도를 접으며 이혼의 질문에 답했다.

"어려워 보이지만 저하께서 도와주신다면 한 번 연구해보겠습니다."

그날부터 이혼은 이장손과 거의 매일 밤을 새며 소총을 연구했다.

신형 소총은 완전한 조립식이었으며 필요한 부품의 수는 23개였다.

공정 간소화를 위해 부품 수를 최대한 줄여놓은 관계로 23개에서 하나라도 모자라는 날에는 소총이 제 기능을 발휘하지 못했다.

이혼이 생각하는 부품조립식 공정의 장점은 두 가지였다.

하나는 제작시간의 단축이었다.

사람은 기계와 달리 숙달(熟達)이 가능했다.

일에 익숙해지면 그때부터 제작시간이 빨라지는 것이다.

심지어 몇 배로 빨라지는 경우마저 있었다.

처음에는 뛰어난 장인 몇 명이 모여서 소총을 하나 제작하는 시간과 23개의 부품을 23명의 장인이 일일이 제작해서 한 번에 조립하는 시간에는 별 차이 없을지 모르지만 나중에는 몇 배로 빠른 시간 안에 부품생산이 가능해져 결국 시간을 단축할 수가 있었다.

이는 헨리 포드가 자동차를 만들 때 처음 사용한 방법이었다.

이로 인해 노동자가 기계의 부품처럼 변했다는 비판은 있었지만 어쨌든 이러한 분업방식의 작업으로 인해 현대에서는 마음만 먹으면 누구나 자동차를 살 수 있을 만큼 대량생산이 가능해졌다.

조립식 공정의 두 번째 장점은 빠른 수리였다.

지금은 전투 중에 조총이 고장 나면 수리가 거의 불가능했다.

작은 고장은 전투 중에 고치는 게 가능하지만 그 외에는 힘들었다.

그러나 조립식 공정을 사용하면 고장 난 부품을 현장에서 바로 교체가 가능해 전력의 공백 없이 작전을 계속 수행할 수 있었다.

예를 들어 개머리판이 부서지면 개머리판을, 총신이 폭발하면 총신을, 노리쇠가 고장 나면 노리쇠를 그 자리에서 교체하는 식이었다.

이혼은 23개의 부품 제작을 모두 감독했다.

신형 소총에서 가장 중요한 부분은 강선을 뚫은 총신과 후장식이 가능하게 해주는 후방 기관부, 그리고 격발을 해주는 방아쇠였다.

총신의 강선은 속이 꽉 찬 총신용 쇠막대를 만들어 작업대에 고정한 다음, 4조 우선으로 돌아가는 총신용 드릴을 만들어 파냈다.

쇠막대는 쇳물을 형틀에 부어 식히는 주물방식으로 만들었으며 4조 우선으로 돌아가는 드릴은 이혼이 각도를 계산해가며 제작했다.

이제는 드릴로 쇠막대 속을 천천히 파낼 차례였다.

지금 상황에서 사용 가능한 동력이라 해봐야 인력과 가축이 다였다.

그러나 가축은 정밀한 통제가 힘들어 일일이 사람 손으로 해야했다.

이장손을 비롯한 장인들이 이혼이 가르쳐준 대로 총신을 만드는 사이, 이혼은 가장 핵심부에 해당하는 노리쇠를 직접 제작하였다.

볼트액션의 성공은 노리쇠의 성능에 달려있었다.

약실의 가스가 새어나가지 않도록 해주는 약실 폐쇄돌기나, 노리쇠의 격발을 가능하게 해주는 용수철과 공이 등이 모두 중요했다.

이혼은 혼신의 힘을 다해 노리쇠를 연구해 완성했다.

노리쇠를 완성한 후에는 나머지 작업을 이장손에게 일임했다.

이혼 대신, 이장손이 소총에 있는 23개 부품제작을 책임지는 것이다.

이혼이 이장손에게 일을 맡긴 데는 이장손을 믿는 이유도 있지만 자신은 다른 연구를 시작해야 해서 시간이 없었던 이유가 컸다.

후장식 선조총만 있어서는 총을 쏘지 못했다.

후장식 선조총에 종이탄피와 문약을 넣을 수는 없어 이 총의 격발방식에 맞는 새로운 형태의 탄환을 만들어야했는데 이 역시 까다로운 일이어서 이혼이 직접 나서지 않으면 몇 년이 걸릴지 몰랐다.

새로운 탄환을 만들기에 앞서 이혼은 장인들을 불러 교육을 시켰다.

어려운 이론이나, 기술을 가르치는 자리는 아니었다.

그저 신관과 뇌관의 차이를 먼저 알려주었을 뿐이었다.

신관은 용란에 들어있는 격발장치였다.

즉, 포탄이나, 어뢰 등이 스스로 폭발할 수 있도록 하는 장치로 포탄, 어뢰, 미사일에 든 작약(炸藥)에 불을 붙이는 점화장치였다.

반면, 뇌관은 포탄을 쏘기 위해 넣는 장약(裝藥)에 불을 붙이는 장치였다. 장약이 터져야 포탄이 추진력을 받아 밖으로 날아갔다.

용란으로 설명하면 용란을 포구 밖으로 쏘아내기 위해서 문약에 불을 붙이는 심지가 일종의 뇌관에 해당했으며 용란이 목적한 지점에 떨어져 그 충격으로 폭발하게 만드는 장치가 신관이었다.

신관은 작약, 뇌관은 장약을 각각 점화하는 장치인 것이다.

이혼이 지금 만들려는 신형 탄피는 그 중 뇌관이 필요했다.

공이가 뇌관을 강하게 치면 뇌관이 터져 그 안에 든 장약을 태웠다.

그러면 그 장약이 폭발하는 힘, 다시 말해 가스가 만든 추진력으로 인해 탄피에 든 탄두(彈頭)가 날아가 조준한 곳에 맞는 것이다.

신형 탄환의 구조는 크게 세 가지로 봐야했다.

뇌관이 위치한 하단부와 외형을 구성하는 탄피, 그리고 탄두였다.

이혼은 먼저 탄피를 제작했다.

탄피의 재료는 동(銅), 즉 구리를 사용했다.

구리는 조선에 많이 나는 광물은 아니지만 다행히 부산포에 있는 창고에 왜군이 남겨둔 구리가 아주 많아 따로 구할 필요는 없었다.

구리는 화폐와 생활용품, 각종 무기에 많이 쓰이는 관계로 수요가 높은 반면에 구하기는 쉽지 않아 왜국에서 수입하는 실정이었다.

왜국은 구리와 유황, 은 등의 자원이 풍부했다.

먼저 롤러를 제작한 다음, 안에 구리를 넣어서 최대한 얇게 폈다.

그런 다음, 둥글게 말아 탄피형태로 제조했다.

다음은 탄두를 만들 차례였다.

적에게 부상을 입히는 부분이 바로 이 탄두였다.

소총을 쏘면 탄피는 그 자리에 남는 대신, 탄두가 앞으로 날아갔다.

탄두 역시 구리를 사용했는데 화살촉처럼 뾰족한 형태로 만들었다.

다 만든 후에는 마치 모자처럼 탄피 앞에 끼워 단단하게 고정했다.

이제 가장 중요한 하단부, 즉 뇌관이 있는 부분을 만들 차례였다.

그나마 다행이라면 이혼이 뇌홍으로 신관 만드는 모습을 알려준 후 장인들이 이를 배워 뇌홍은 거의 다 만들 줄 안다는데 있었다.

탄피의 뇌관 역시 뇌홍으로 만들었다.

뇌홍은 아주 약한 자극, 즉 손가락으로 치는 정도의 충격에는 폭발하지 않지만 망치나, 소총의 공이로 치면 폭발할 만큼 민감했다.

이혼은 이 뇌홍을 탄피 끝에 넣어 하단부를 제작했다.

탄피, 탄두, 하단부를 다 만들었으니 이제 조립해 완성할 차례였다.

먼저 탄피 밑에 뇌홍이 든 하단부를 연결했다.

부품을 만들 때 미리 홈을 파서 돌리면 딱 들어맞도록 만들었다.

하단부와 탄피를 연결한 후에는 그 안에 화약을 넣었다.

이 화약은 장약으로 탄환의 탄두가 날아가게 해주었다.

장약을 적당량 부은 후에는 마지막으로 탄환 앞에 탄두를 박았다.

이혼은 완성한 탄환을 살펴보았다.

새끼손가락 크기였으며 두께는 소총의 구경과 일치했다.

외형은 손가락처럼 투박하게 생겨 조악해 보였으나 어쨌든 종이탄피에서 뇌관이 있는 현대적 탄피로 도약하는 성과를 보여주었다.

탄환 시제품을 막 완성했을 때는 이미 장마가 개어있었다.

6장. 진격을 위한 준비

光海錄

6장. 진격을 위한 준비

정신없이 일하는 동안, 어느새 장마가 끝났다.

이혼은 보름 만에 밖으로 나와 하늘을 보았다.

어제만 해도 먹구름이 끼어있던 하늘이 지금은 바다처럼 파랬다.

장마 중일 때는 습도로 인해 힘들었다.

그러나 지금은 습도와 함께 열기가 그를 괴롭혔다.

그늘에 들어가도 시원한 기분을 느끼지 못할 지경이었다.

날씨처럼 이혼의 마음도 답답했다.

탄환은 만들었지만 정작 중요한 소총은 부품조차 완성하지 못했다.

부품 하나를 완성하기 위해서는 시행착오가 수없이 필요했다.

이유는 다양했다.

부품의 재료를 구하기 힘들거나, 아니면 세밀한 공정이 필요해서 지금 있는 도구나, 장비로는 만들기 까다로운 부품들이 많았다.

이혼이 연구실에 있는 동안, 하삼도의 행정복구에 여념이 없던 유성룡은 정탁과 함께 이혼을 찾아와 방금 들은 소식을 전해주었다.

"주상전하께서 명군 경략 송응창, 제독 이여송 등과 함께 도성에 복귀해 충청사단의 사단장 영규 등을 회유하는 중이라 합니다."

"으음."

이혼은 대꾸 대신, 짧은 신음을 토했다.

충분히 예상한 일이었지만 실제로 닥치니 머리가 하얘졌다.

정탁이 말을 보탰다.

"그 뿐만이 아닙니다. 강원도와 함경도, 평안도, 황해도, 그리고 경기도에 대신들을 보내 근왕군을 모집하는 중인데 들리는 소문에 따르면 세자저하를 치기 위한 군대를 모으는 중이라 합니다."

이혼은 미간을 찌푸리며 물었다.

"명군의 생각은 어떻소?"

행정을 복구하는 동안, 도성의 정세를 같이 살핀 유성룡이 대답했다.

"그들은 한시라도 빨리 본국에 돌아가고 싶어 하는 거 같은데 전하께서 극구 만류하는 통에 뜻을 이루지 못하는 것으로 압니다."

이혼의 시선이 정탁을 향했다.

"참모장은 그럼 명군이 앞으로 어떻게 나올 거라 보시오?"

"전하와 저하 두 분이 다투시는 것은 왜군이 침략해온 상황과는 다릅니다. 왜군은 불측하게도 정명가도(征明假道)라는 명분을 앞세워 조선을 침략해왔는데 이는 명나라에도 어느 정도 위협을 주는 일이어서 그들이 군대를 동원해 조선을 도우려 한 것입니다."

"이는 조선 내부의 일이니 그들은 모르는 척 빠질 거라는 말씀이오?"

"바로 그러합니다."

대답하는 정탁의 얼굴은 확신에 차있었다.

이혼 역시 정탁과 같은 생각이었다.

지금 명나라는 내우외환에 시달리는 중이었다.

안은 황제 만력제(萬曆帝)의 긴 칩거로 인하여 조정이 제대로 돌아가지 않는 상황이었다. 실제로 명군이 임진왜란에 신속하게 참전한 것은 당시 상황으로 볼 때 아주 기적적인 일이나 다름없었다.

명나라 말기 중흥을 이끌었던 명 재상 장거정(張居正)이 죽은 후 만력제는 돌연 정무에서 손을 떼버린 채 몇 십 년 동안 정사를 돌보지 않아 심지어 대신 자리가 10년 넘게 비어있을 지경이었다.

전에 근무하던 대신이 병으로 사망해 자리가 비었지만 조회가 열리지 않는 바람에 빈자리에 다른 관원을 임명하지 못한 것이다.

이처럼 만력제의 이유를 알 수 없는 오랜 칩거는 명나라 재정과 정치상황을 최악으로 몰아가 여진족의 발호를 허용하고 말았다.

안으로는 만력제의 칩거, 밖으로는 여진족의 발호가 있는 상황에서 조선에 지원군을 보낸 일은 거의 기적이나 진배없는 일이었다.

계획과는 다르지만 어쨌든 조선을 침략한 왜군은 패해 돌아갔다.

명은 처음에 이번 전쟁을 자신들이 주도할 거라 믿어 의심치 않았다.

한데 조선 세자가 그 믿음을 철저히 부셔버렸다.

세자는 단독으로 하삼도에 내려가 불가능해보였던 일에 성공했다.

어쨌든 이로 인해 그들이 조선을 찾은 목적은 해결이 되었다.

왜군이 물러갔으니 이제 그들이 조선에 남아 할 일이 없었다.

더구나 이여송 등은 여진족을 필두로 하여 변방에서 반란을 일으키는 자들로 인해 혼란스러운 상황에서 빨리 돌아가기를 원했다.

그러나 선조가 바짓가랑이를 잡고 늘어졌다.

명군이 요구하는 막대한 군량과 말먹이에다가 조선 규수들까지 더 얹어주며 명군이 조선에서 떠나지 못하게 만류하는 중이었다.

선조의 바람은 하나였다.

명군이 그를 도와 이혼을 제거해주길 바라는 것이다.

이혼은 더위를 피해 느티나무 그늘로 걸어가며 유성룡을 보았다.

"무엇보다 명군과 부딪치는 일은 피해야할 것이오."

유성룡도 같은 생각인지 바로 수긍했다.

"신 역시 같은 생각입니다. 명의 기세가 예전만 못한 것은 사실이나 명은 여전히 대국입니다. 대국과 적대해서 좋을 게 없습니다."

이혼은 두 사람에게 자기 생각을 털어놓았다.

"우선 명군을 돌려보내는 게 급선무인데 어떻게 처리하

면 좋겠소?"

명군의 습성은 그 동안 그들을 접대한 유성룡이 가장 잘 알았다.

"명군을 돌려보내려면 우선 명 조정을 움직여야합니다."

"명 조정을? 북경으로 사람을 보내란 말이오?"

"그렇습니다. 병부상서 석성 같은 이를 직접 찾아가야 합니다."

이혼은 고개를 흔들었다.

"시간이 너무 오래 걸리지 않겠소? 그리고 마땅한 사람도 없는데."

유성룡은 이미 생각해둔 게 있는지 바로 계책을 말했다.

"주상전하와 함께 도성에 돌아와 있는 대신들 중에 몇 명과 연락이 닿았는데 그들은 저하와 뜻을 같이 하기를 원하고 있습니다."

"오, 그게 누구요?"

"병조판서 이덕형(李德馨)과 도승지 이항복(李恒福) 두 사람입니다."

이혼은 미간을 살짝 찌푸렸다.

"그 두 사람이 가담해준다면 큰 힘이 되는 것은 사실이오. 그러나 이덕형은 이산해의 사위인데다 병조판서이기까지한데 우리 쪽으로 넘어오려 하겠소? 이항복도 마찬가지요. 그들을 믿을 수 있소?"

유성룡은 아니라는 듯 강하게 부정했다.

"두 사람 다 믿을 수 있는 사람입니다. 당파에 깊숙이 관여하지도 않았을 뿐더러, 백성과 나라를 위하는 마음은 누구 못지않습니다."

정탁이 옆에서 거들었다.

"지금 주상전하 옆에는 윤두수, 윤근수형제가 있는데 이들이 전하의 혜안을 어지럽힌다는 소문이 자자합니다. 이덕형과 이항복이 명목상으로는 병조판서와 도승지이기는 하나 윤두수, 윤근수형제의 권력에 밀려 도성에서 입지가 그렇게 큰 편은 아닐 것입니다. 또, 주상전하의 실책에 실망이 컸다는 말도 들은 적 있습니다."

이혼은 다시 유성룡에게 물었다.

"일은 어떻게 진행할 생각이오?"

"이덕형이 청원사(請援使)로 북경에 도움을 청하러 갔을 때 병부상서 석성 등을 만난 경험이 있으니 그에게 일을 맡겨보십시오."

이혼은 고민 후에 대답했다.

"좋소. 그렇게 하시오."

"알겠습니다. 바로 사람을 보내 이덕형을 북경으로 보내겠습니다."

유성룡은 바로 움직였다.

이번 일은 시일이 촉박했다.

명군이 선조의 꼬임에 넘어가 움직이기 전에 일을 성사시켜야했다.

도성으로 갔다가 다시 배를 타든, 말을 타든 해서 북경에 가려면 반년 이상이 걸릴지 모르는 일이어서 서두를수록 확률이 높았다.

이혼은 그늘에 앉아 손부채로 더위를 식히며 정탁을 보았다.

"명군을 몰아내려면 몇 달은 더 걸릴 텐데 우선 무엇을 해야 하오?"

"부산에서 나가셔야합니다."

"왜군이 상륙해올 위험이 있지 않겠소?"

"수군통제사 이순신장군의 능력을 믿어보십시오. 그라면 상륙하기 전에 바다에서 충분히 막아낼 수 있을 겁니다. 지금도 기동함대를 구성한 후 부산포를 비롯해 왜군이 상륙할 수 있는 항구를 면밀히 감시하며 한 치의 빈틈도 허용하지 않는 중이지 않습니까?"

"으음."

이혼이 한숨 쉬는 모습에 정탁이 의아해하며 물었다.

"혹, 통제사를 믿지 못하시는 겁니까?"

이혼은 눈을 크게 뜨며 물었다.

"그게 무슨 말이오?"

"통제사가 저하를 배신할 거라 생각하십니까?"

정탁이 그냥 한 말은 아닌 거 같아서 이혼은 급히 캐물었다.

"뭐라도 들은 게 있소?"

"조정에서 사람을 보내 통제사를 회유하려한다는 말을 들었습니다."

"참모장은 통제사가 넘어갈 거라 생각하는 거요?"

이혼의 질문에 정탁은 고개를 한 차례 저었다.

"그건 아닐 겁니다."

"그럼 무슨 이유에서?"

"통제사가 정말로 조정의 회유에 넘어간다면 저하를 압박하는 유용한 용도로 쓰일 것이니 그들이 더 없이 바라는 일일 겁니다. 그러나 진짜 의도는 그 안에 숨어있습니다. 바로 저하와 통제사사이에 이간질을 시키려는 거지요. 분란을 만들려고 하는 겁니다."

이혼은 덩달아 심각한 표정을 지었다.

"내부에서 분열이 일어난다면 그거 보다 끔찍한 일은 없을 것이오. 더구나 그게 나와 통제사라면 패한 싸움을 하는 거와 같소."

"통제사를 믿으십시오. 그리고 통제사가 자기 할 일을 하게 두십시오. 이쪽에서 그 동안 쌓은 정에 기대어 회유하려거나, 아니면 사람을 보내 추궁하는 등의 행동은 오히려 반감만 살 뿐입니다."

"가만히 있는 게 상책이다?"

정탁은 미소를 지으며 대답했다.

"그렇지요."

"알겠소. 그럼 그 문제는 넘어가기로 하고 이젠 어떻게 해야 하오?"

정탁의 눈이 빛났다.

"저하께서 명과 대적하길 원하시지 않는다면 이번에는 저하 쪽에서 먼저 시간을 끌어야합니다. 유성룡대감이 이덕형대감을 설득해 명 조정을 움직이기 전까지는 섣불리 움직여선 안 될 것입니다. 만약, 명군과 맞서는 날에는 이 모든 게 흐트러질 것입니다."

"예전에 수욕정이풍부지(樹欲靜而風不止)라는 말을 배운 적 있소. 참모장 앞에서 문자 쓰는 거 같아 부끄러우나 이는 나무는 가만히 있으려고 해도 바람이 그렇게 만들어주지 않는다는 말인데 시간을 끌려 해도 저쪽에서 먼저 싸움을 걸어올 수 있지 않겠소?"

"그럴 가능성은 충분합니다. 그러나 때가 오기 전까지는 응대해선 안 됩니다. 명군 역시 그렇게 적극적으로 주상전하를 도우려하지는 않을 테니 유성룡대감이 일을 성사시키기 전까지는 충청사단장 영규장군에게 일러 일절 대응치 말라는 지시를 내리십시오. 또, 충청도 외에도 조정이 회유하려들 가능성이 있는 경상도와 전라도 각지의 고을 수령들에게 사람을 보내 단속을 해두십시오."

이에 이혼은 유성룡, 정탁과 상의해 하삼도 굳히기에 나섰다.

상대가 한강이북을 굳힌다면 이혼은 하삼도를 굳히는 작전이었다.

비록 영토가 남과 북으로 갈리기는 하지만 통일할 자신은 있었다.

절대 한국전쟁 후의 남북한처럼 만들지는 않을 생각이었다.

하삼도를 굳히기 위해서는 가장 먼저 이혼이 북상할 필요가 있었다.

재침략해올지 모르는 왜군에 대비해 그 동안은 부산에 머물렀는데 부산에서는 도성이 너무 멀었다. 자칫 잘못하면 충청도에 대한 영향력이 줄어들어 상대의 손에 넘어가 버릴 위험이 있었다.

이에 이혼은 경상도에서 충청도로 들어가는 관문에 해당하는 문경으로 급히 이동해 그곳에 자신의 새로운 분조를 세웠다. 문경은 교통의 요지임과 동시에 지형적으로 방어하기 좋은 곳이어서 좁다는 거 외에는 새로운 분조로 삼기에 더 없이 좋은 곳이었다.

충청도에서 일어날지 모르는 변고와 경상도 해안가로 재침략해올지 모르는 왜군 양쪽을 동시에 제어할 수 있는 유일한 곳이었다.

이혼은 당연히 근위사단과 같이 움직였다.

그리고 그가 떠난 부산의 방어는 경상사단장 곽재우에게 육지를, 삼도수군통제사 이순신에게 바다를 맡겨 같이 협조하게 하였다.

두 사람 모두 공히 능력을 인정받은 뛰어난 장수여서 마음이 놓였다.

이어 하삼도를 방어하는 육군의 지휘조직을 새로 재편했다.

먼저 삼도의 육군을 총괄 지휘하는 도원수(都元帥)에 전라사단의 사단장 권율을 임명해 육군은 도원수 권율이, 수군은 통제사 이순신이 지휘하는 수륙양군(水陸兩軍)체제를 확정해 공표하였다.

이어 권율이 빠진 전라사단 사단장에는 김시민을 임명했다.

김시민은 진주성에서 벌어진 두 차례의 싸움을 훌륭하게 이끌어 이혼에게 신임을 받는 건 물론이거니와 백성의 신망이 두터웠다.

이리하여 육군 지도부는 도원수 권율, 경상사단장 곽재우, 전라사단장 김시민, 그리고 기존에 있던 충청사단장 영규로 확정되었다.

수군에도 한 자리를 더 만들었다.

충청도 역시 바다와 접해 있었다.

어쩌면 지금 상황에서 가장 위험한 지역은 오히려 부산을 비롯한 남해안이 아니라, 도성과 지척에 있는 충청도의 해안지방이었다.

이에 이혼은 충청수사(忠淸水使)의 자리에 전 순천부사 권준을 임명했다. 권준은 이순신이 천거한 사람으로 이순신과 함께 남해안에서 벌어진 여러 격전에 참가해 공을 세운 수군 명장이었다.

권준은 전라수군에게 전선 30척을 포함한 50척의 배를 빌려 충청도 보령(保寧)에 있는 충청수영으로 이동해 바로 임무를 시작했다.

이로써 육지와 바다의 방어준비를 확실하게 끝냈다.

방어 전략은 간단했다.

충청사단, 경상사단, 전라사단 이 세 개의 사단이 각 지역을 향토방위하며 시간을 버는 동안, 주력인 근위사단이 출동하는 것이다.

또, 바다는 전라수영, 경상수영, 충청수영이 각자 맡은 해역에서 방어하는 동안, 통제사 이순신이 직접 지휘하는 통제영 함대가 지원하는 방식으로 싸우는 곳은 다르지만 육지와 같은 방식이었다.

이혼은 이어서 행정조직을 강화했다.

충청도관찰사에 이원익, 전라도관찰사에 전 전라사단

연대장 최경회, 경상도관찰사에 김면을 정식으로 임명해 행정을 맡게 하였다.

경험이 많은 김성일은 문경으로 불러 분조의 행정을 보게 하였다.

또, 주요 고을의 수령에 대한 임명을 같이 하여 행정을 독립시켰다.

전에는 군과 행정을 고을 수령이 같이 담당했으나 지금은 행정은 행정대로, 군은 군대로 분리하여 각 분야의 전문성을 더 높였다.

행정조직이 제대로 작동하기 시작하자 각 고을 관아는 미루어두었던 재판의 처리와 세금을 거두는 등의 일로 정신없이 돌아갔다.

이제야 좀 나라다워진 것이다.

이혼은 또 근위사단에 있는 정찰대대를 아예 독립을 시켰다.

지금은 정보가 가장 중요했다.

상대의 정보를 아는 것과 그렇지 못한 것은 차이가 컸다.

이에 정찰대대에 국가정보원(國家情報員)이라는 이름을 붙여 상대의 정보를 파악하게 하였다. 물론, 국정원장은 강문우를 임명했다.

강문우는 경기도와 도성 등지에 정보요원을 파견해 정

보를 모았다.

이렇듯 이혼이 적극적으로 나서자 가장 당황한 쪽은 조정이었다.

조정은 세자가 이토록 강경하게 나올 줄 예상치 못한 듯했다.

세금을 걷거나, 군과 행정체계를 정비한다는 말은 아버지이며 조선의 임금인 선조에게 정식으로 대항하겠다는 의사표시와 같았다.

이젠 조정 밑에 위치한 분조가 아니라, 정식 조정이나 다름없었다.

조정만큼이나 백성들도 동요했다.

이러다 나라가 두 개로 쪼개지는 건 아닌지 불안한 마음이 들었다.

이혼은 세금을 조금 걷어 백성들의 불만을 잠재웠다.

부족한 세수는 왜군이 남긴 전리품으로 채워가며 나라를 운영했다.

또, 기존에 있던 병력 외에는 더 이상 징병하지 않았다.

현재 유지 중에 있는 4, 5만의 병력으로 공격과 방어가 가능했다.

이유를 한 가지 더 대라면 4, 5만의 병력을 유지하는데 들어가는 비용만도 엄청나 병력을 더 늘릴 엄두를 내지 못하는 중이었다.

병농(兵農)이 일치하던 전이라면 병사들은 자기가 입을 갑옷과 자기가 먹을 군량을 직접 가져와야했지만 지금은 그렇지 않았다.

직업군인과 가까워서 나라에서 그들을 입히고 먹어야했다.

그러다보니 들어가는 비용이 엄청나 병력을 늘릴 재정이 부족했다.

아니, 병력은 오히려 지금보다 더 줄여야했다.

그래야 군비유지에서 들어가는 비용을 백성에게 돌릴 수 있었다.

이혼이 생각하기에 그 방법은 하나였다.

규모는 작은 대신에 전력이 강한 군대를 만드는 것이다.

강한 군대는 훈련을 잘 받은 부대이거나, 아니면 상대보다 월등한 무기로 무장해 소수로 다수를 제압할 수 있는 능력이 있어야했다.

이혼은 그 중 후자의 방법을 선택했다.

훈련을 잘 받은 부대는 한계가 뚜렷했다.

인해전술로 밀어붙이면 훈련을 잘 받은 정병도 당해내지를 못했다.

그러나 서로 가진 무기의 차원이 다르다면 가능했다.

이혼은 그런고로 신형 소총개발을 서둘렀다.

동포끼리 상잔하는 일은 최대한 피해야했지만 어쩔 수
없이 결착을 지어야할 때는 최소한의 희생으로 상대를 빠
르게 제압해야했다.

이혼이 문경으로 분조를 옮김에 따라, 이장손과 그의 지
휘를 받는 수백 명의 장인들, 그리고 그들이 사용하던 장
비도 모두 문경으로 옮겨와 이혼 바로 옆에서 신형 소총개
발을 진행하고 있었다.

이혼은 아예 그들을 근위사단 편제에서 빼냈다.

국정원처럼 독립적인 조직으로 바꾼 것이다.

전에는 참모장 등의 지휘를 받았지만 이제는 이혼의 지
휘를 받았다.

명군이 선조 옆에 붙어있는 바람에 장마 직후 끝날 줄
알았던 선조와의 대치국면은 가을을 지나 그해 겨울까지
이어지고 있었다.

마침내 한 해가 더 지나 1594년 봄에 이르렀다.

유성룡의 밀사를 맡은 이덕형은 작년 가을에 북경으로
출발했다.

선조에게 반기를 든 이혼과 유성룡의 취지를 이해한 이
덕형과 이항복 등은 유성룡과 이원익 등의 설득을 받아 세
자의 편에 섰다.

유학을 배운 그들이 다른 주군을 섬기는 것은 쉽지 않은
일이었다.

어렸을 때부터 세뇌 당하다시피 배우는 군사부일체(君師父一體)나, 군위신강(君爲臣綱)이니 하는 말들이 모두 그런 유학자들의 머릿속에서 나온 말로 신하의 충절을 강조하는 교육의 일환이었다.

그런 사람들이 주군을 바꾸는 일은 쉽지 않았다.

그러나 맹자(孟子)는 이런 말을 한 적이 있었다.

무릇 가장 중요한 것은 백성이다. 그리고 그 다음이 사직(社稷)이며 백성과 사직에 비하면 오히려 군주(君主)는 가벼운 존재이다.

이는 역성혁명의 정당성을 말해주는 대표적인 논리로 사랑받아서 조선을 건국한 신진사대부 역시 이러한 논리를 차용해 설파했다.

고려의 임금과 왕실, 그리고 조정은 구제가 힘들만큼 썩었으니 백성을 위하여 어쩔 수 없이 역성혁명에 나선다는 논리였던 것이다.

이혼의 생각은 이 맹자의 생각과 닮아있었다.

나라가 가장 먼저 생각해야하는 것은 왕실이나, 조정이 아니었다.

바로 백성 그 자체였다.

이혼은 백성을 위해 나선다는 명분을 앞세워 유성룡, 이원익 등의 지지를 이끌어냈으며 지금은 이덕형, 이항복 등을 새로 얻었다.

그들이 선조의 추태에 실망한 것 역시 어느 정도 작용했다.

선조는 왜란 동안, 공을 세운 이혼을 격려하거나, 지원하기는커녕, 자신의 안위를 위협하는 경쟁자로 생각해 치졸한 견제를 가했다.

이런 점이 이덕형과 이항복과 같은 충신들을 실망시켰다.

보위를 위협하는 자가 누구든, 그게 설령 자신의 아들이라 해도 왕은 그를 경쟁자로 생각해 제거할 수 있는 권리가 당연히 있었다.

이것은 왕정국가를 유지하는 가장 중요한 수단이었다.

그러나 사상초유의 국난에 맞서는 왕의 자세는 아니었다.

외적이 강토를 유린하며 백성을 학살하는데 왕이 자기보위를 지키기 위해 잠재적인 경쟁자를 제거하거나, 견제하기 위해 노력을 기울인다면 누가 국난극복을 위해 자기몸을 던지려하겠는가.

뜻있는 관원과 학자들은 선조를 떠나 이혼에게 몰려들었다.

그리고 반면 선조의 주위에는 윤두수, 윤근수, 정철, 이산해처럼 권력을 탐하는 자들만이 가득해 선조를 점점 수렁으로 끌어들였다.

이혼은 무관에 비해 절대적으로 부족한 문관을 이런 식으로 채웠다.

그는 사실 한 게 없는데 선조가 알아서 도와주는 꼴이었다.

이혼은 국정원장 강문우를 불렀다.

강문우는 국내외의 정보를 모아서 분석한 후 매일 보고를 올렸다.

"조정에서는 이여송에게 계속 도와 달라 부탁을 하는데 이여송은 본국의 지시를 듣지 못했다며 도성에서 움직이지 않는 중입니다."

"명군의 숫자는 얼마나 되오?"

"작년 가을에 강남 출신으로 이루어진 절강병이 고향으로 먼저 돌아가기 시작해 지금은 3만 명가량이 도성 근처에 주둔해있습니다."

"절강병이 없다면 우리에겐 이득이군."

이혼은 고개를 끄덕였다.

몇 십 년 동안 강남 해안에서 왜구와 싸워온 절강병은 훈련을 잘 받은 데다 실전마저 풍부하게 거친 정병으로 화기에 능했으며 단병접전에서는 왜군마저 물리칠 만큼 뛰어난 활약을 보여주었다.

실제로 평양성전투에서 공을 세운 부대가 이 절강병이
었다.

한데 절강병이 고향으로 돌아갔다니 이혼에게는 다행스
런 일이었다.

최악의 경우, 명군과 상대해야하는데 화기에 능숙한 절
강병보다는 기병으로 이루어진 북방의 군대가 상대하기
한결 수월했던 것이다.

"조정의 상황은 어떻소?"

강문우는 그 사이 조정에 사람을 많이 심어두었는지 자
세히 알았다.

"주전파와 주화파로 갈려있습니다."

"자세히 말해보시오."

"주전파는 명군과 함께 저하를 공격해야한다고 주장하
는 중입니다. 저하가 역모를 꾀했으니 그 대가를 치러야한
다고 생각하는 듯합니다. 반대로 주화파는 저하가 아버지
인 주상전하께 칼을 들이댄 게 아니니 협상으로 해결해야
한다고 주장하고 있습니다."

"어느 쪽이 이기는 중이오?"

"주전파가 득세하는 것으로 압니다."

"알겠소."

고개를 끄덕인 이혼은 화제를 돌렸다.

"대마도주에게서는 연락이 왔소?"

"얼마 전에 세 번째 연락이 왔는데 군비를 증강 중이라고 합니다."

"도요토미 히데요시의 생각에는 변함이 없소?"

"예, 저하. 도요토미 히데요시는 망상을 끝내 버리지 못한 듯합니다."

한숨을 깊이 쉰 이혼이 물었다.

"재침략 시기는 언제로 보고 있소?"

"빠르면 1년 후, 늦어도 2, 3년 안에는……."

"알겠소."

강문우가 나간 후 이혼은 압박감을 느꼈다.

여기서 시간을 더 지체하다가는 북쪽의 선조, 남쪽의 왜군을 동시에 상대하는 지경에 처할 가능성이 현재로서는 더 많은 편이었다.

유성룡의 밀사 자격으로 북경에 간 이덕형이 어떤 대답을 가져오든지 간에 빨리 준비를 해둬야 내부의 일을 처리한 후 왜국의 재침략 의지를 꺾는 한편, 침략에 대한 대가를 요구할 수가 있었다.

이혼은 이장손을 찾아갔다.

이혼과 함께 문경으로 올라온 이장손은 국가기술원(國家技術院)의 원장을 맡아 이혼 대신에 신형 소총개발을 진두지휘 중에 있었다.

이혼은 임시로 세운 국가기술원 안으로 들어갔다.

여름이어서 그런지 안에 땀 냄새가 가득했다.

이혼은 후끈한 열기를 온몸으로 느끼며 기술원 안을 둘러보았다.

그가 만들라 지시했던 부품들이 조금씩 그 형태를 갖춰갔다.

강선을 뚫은 총신과 탄환을 쏘게 해주는 각종 장치들이 가득했다.

장인들은 작은 부품은 쇠를 연마(研磨)해 정교하게 만들었다.

그리고 큰 부품들은 형틀을 만든 다음, 안에 쇳물을 부어 제작했다.

몇 달 동안의 노력이 헛되지 않아 이제 완성이 멀지 않았다.

안에서 작업하던 이장손이 달려와 그를 맞았다.

"오셨습니까?"

"어떤가?"

"곧 시제품을 보실 수 있을 겁니다."

"기대가 되는군."

며칠 후, 이혼은 소총을 조립하는 현장을 참관했다.

소총 조립은 당연히 이장손의 몫이었다.

이장손은 작업대 위에 그 동안 만든 23개의 부품을 쭉

나열했다.

가장 중요한 노리쇠부터 방아쇠, 총신, 개머리판까지 전부 있었다.

이장손은 먼저 총의 심장에 해당하는 기관부를 조립했다.

기관부에는 노리쇠를 포함해 총을 작동하게 해주는 부품들이 들어가는데 가장 중요한 부분이어서 처음부터 제위치에 제대로 조립하지 않으면 총이 폭발하거나, 아니면 불량이 날 확률이 높았다.

사격 중에 총이 폭발하면 오히려 사수가 부상을 입었다.

그리고 불량이 나면 저항조차 못한 채 적에게 목을 내주어야했다.

둘 다 그리 좋지 않은 상황이었다.

기관부는 다시 말해 인간의 몸통과 같았다.

몸통에 있는 여러 장기들이 서로 꼬여버린다면 사람이 살지 못하는 거처럼 기관부의 부품도 자기 자리에서 제 역할을 해줘야했다.

기관부 조립을 모두 마친 후에는 개머리판을 달았다.

개머리판은 기관부 후방에 다는 지지대로 견착(肩着)용도였다.

조립의 마지막은 총신이 장식했다.

기관부와 총신 끝이 서로 맞물리도록 미리 나사모양 홈

을 파두었다.

일종의 너트와 볼트인 셈이다.

여기서 볼트는 총신, 너트는 기관부였다.

이장손은 떨리는 손으로 기관부에 총신을 연결해 조립을 마쳤다.

마침내 이혼의 소총이 처음으로 그 모습을 드러내는 순간이었다.

이장손은 손과 이마에 가득한 땀을 수건으로 연신 훔쳐냈다.

긴장을 해서 그런지, 아니면 연구실이 더워서 그런지는 알 수 없었다.

"먼저 탄환 없이 시험해보겠습니다."

이장손은 노리쇠를 당겨 약실을 개방했다.

그런 다음 탄환을 넣지 않고 노리쇠를 밀어 약실을 다시 닫았다.

이때, 노리쇠의 공이가 방아쇠와 연결되어야 격발이 가능했다.

소총제작에 참여한 장인들은 숨을 멈춘 채 그 광경을 지켜보았다.

이장손은 표적을 향해 총구를 겨눈 다음, 방아쇠에 손가락을 걸었다.

이장손도 긴장하는지 마른 입술에 침을 한 차례 발랐다.

손가락에 힘을 주는 순간.

텅!

공이가 앞으로 움직이며 약실을 강하게 찍었다.

공이를 고정해두던 장치가 방아쇠를 당김과 동시에 풀어지는데 이때 스프링의 힘으로 공이가 앞으로 날아가 약실을 때리는 것이다.

일단 빈총으로 시험을 해본 결과, 총의 작동에는 이상이 전혀 없었다.

이제 가장 중요한 시험을 할 차례였다.

실제 탄환을 장전한 후 발사해볼 차례인 것이다.

이장손은 미리 준비해둔 탄환을 꺼냈다.

이혼이 만든 탄환은 새끼손가락 크기였으며 굵기 역시 비슷했다.

21세기 군인이 사용하는 최첨단 탄환에 비해서는 조악하기 짝이 없었지만 이혼이 지금 기술로 구현할 수 있는 최상의 작품이었다.

이장손이 준비한 탄환은 화약의 양을 줄여둔 탄환이었다.

탄환의 화약이 적을 경우에는 폭발해도 크게 다칠 염려가 없었다.

미리 조심해서 나쁠 게 전혀 없는 상황이었다.

이장손은 노리쇠 손잡이를 당겨 약실을 개방했다.

그런 후 조금 떨리는 손으로 준비한 탄환을 약실에 장전했다.

철컥!

노리쇠를 밀어 약실을 닫는 순간, 경쾌한 소리가 들렸다.

이제 정말 장전이 모두 끝났다.

숨을 깊이 마신 이장손은 총을 들어서 개머리판을 어깨에 견착했다.

그리고 조준을 쉽게 하기 위해 이혼이 만든 가늠쇠와 가늠자를 일치시켜서는 표적으로 만든 50미터 앞 허수아비 가슴을 조준했다.

이장손은 땀으로 젖은 손가락을 소총의 방아쇠에 걸었다.

이마에서 흐른 땀 한 방울이 눈으로 흘러들어갔다.

탕!

총구가 들리는 순간.

표적지를 본 사람은 없었다.

발사하는 순간에 총신이 터지는 바람에 이장손이 쓰러졌던 것이다.

이혼은 급히 달려가 바닥에 쓰러진 이장손을 부축했다.

"이보게!"

잠시 정신을 잃었던 이장손은 눈을 희미하게 뜨며 물었다.

"실, 실패입니까?"

"지금은 그게 중요한 게 아닐세. 어서 그를 의원으로 옮겨라!"

"예!"

이장손은 장인들의 부축을 받아 급히 의원으로 향했다.

7장. 용아(龍牙)

NEO ALTERNATIVE HISTORY FICTION

7장. 용아(龍牙)

한바탕 소란이 지나간 후 이혼은 바닥에 떨어진 소총을 집어 들었다.

기관부와 총신사이가 벌어지는 바람에 총신이 떨어져나 갔다.

이혼은 떨어져나간 총신을 들어 불빛에 비추어보았다.

원래 총신은 따로 제작했다.

기관부를 단 상태에서 총신에 강선을 파기가 힘들어 기 관부 따로, 총신 따로 제작한 후 미리 파둔 홈에 끼워 결합 하는 방식이었다.

한데 그 결합부분이 조금 약했는지 장약이 만든 가스에 터져나갔다.

만약, 이 결합부분이 완전하지 못하면 가스가 새어나가 지금처럼 터지거나, 아니면 발사에 필요한 양의 가스를 생산하지 못했다.

소총이든, 화포든 발사원리는 동일했다.

화약이 타며 만들어낸 가스가 포탄과 탄환을 밀어내는 방식이었다.

한데 그 가스가 부족하면 당연히 밀어내는 힘이 약해졌다.

이혼은 너덜너덜해진 소총을 가져와 자세히 연구해보았다.

그리고 해결방법을 연구했다.

다행히 기초적인 문제여서 오래 걸리지는 않았다.

결합부가 느슨해서 생긴 문제라면 더 강하게 만들면 되었다.

이혼은 고리 하나를 만들었다.

위쪽은 총신의 구경에 맞게, 반대쪽은 기관부 크기에 맞게 구멍을 뚫어 결합부 위에 덧씌우는 방법으로 결합부의 문제를 해결했다.

다음 날, 치료를 받은 이장손이 멀쩡하게 돌아왔다.

다행히 가벼운 상처여서 다음 날 바로 업무에 복귀했다.

속으로는 하루 더 쉬게 하고 싶었지만 입이 좀체 떨어지지 않았다.

이장손이 없으면 신형 소총제작은 진전을 보기 어려웠다.

이장손은 이혼이 고안한 보조장치를 소총에 부착해 다시 시험했다.

방아쇠를 당기는 순간, 뒤에 있던 공이가 앞으로 튀어나와 약실에 뚫려 있는 작은 구멍을 찔러 안에 있는 탄피의 뇌관을 관통했다.

펑!

이번에는 총성과 함께 탄환이 표적을 향해 날아갔다.

탄환은 이장손이 겨눈 대로 허수아비에 정확히 명중했다.

이는 강선을 판 선조총의 위력이었다.

강선이 없는 활강총은 탄환의 궤도가 불안정해 명중률이 떨어진다.

심지어 수십 미터 밖의 표적조차 실패하는 경우가 많았다.

그러나 총신에 강선을 파면 탄환이 강선을 따라 회전하며 날아가는데 그러면 공기저항을 덜 받아 조준한 곳에 명중할 수가 있었다.

이혼은 안도의 숨을 쉬었다.

어쨌든 그가 설계한 총이 제대로 작동하는 것이다.

"그럼 재장전을 해보겠습니다."

말을 마친 이장손은 노리쇠를 당겨 다시 약실을 열었다.

약실 안에는 방금 발사한 탄환의 탄피가 얌전히 들어있었다.

뇌홍을 넣은 탄피가 자기 역할을 제대로 수행했다.

처음에는 너무 조악해 걱정이 많았는데 생각보다 성능이 뛰어났다.

탄피를 빼낸 이장손은 잃어버리지 않도록 잘 보관했다.

탄피는 소중한 자원이었다.

한국 군대가 사격할 때 반드시 탄피를 수거하려는 이유는 예전에는 어땠을지 모르지만 지금은 탄약을 정확히 관리하기 위해서였다.

군대 내의 부조리로 인한 불상사가 많이 증가해 탄약을 제대로 관리하지 못할 경우, 자기와 다른 사람이 다칠 수 위험이 존재했다.

반대로 미군처럼 탄피를 잘 수거하지 않는 경우는 재정이 풍부해서라기보다는 미군 안에 이미 엄청난 양의 탄약이 퍼져있어 사격장이나, 훈련장에서 규제해봐야 효과를 보기 어려운 이유에서였다.

그러나 이혼이 탄피를 관리하려는 이유는 조금 달랐다.

이는 재정을 아끼기 위한 자그마한 방편이었다.

탄피는 재활용이 가능해 손질하면 다시 사용이 가능했다.

그렇지 않아도 부족한 재정을 가지고 탄피를 다시 만드는데 사용할 수는 없어 탄피를 반드시 수거해 반납하라는 지시를 내렸다.

탄피를 뺀 이장손은 개방한 약실에 새 탄환을 넣었다.

이번 탄환은 화약을 다 채운 완전한 형태의 탄환이었다.

화약을 조금 채워서 만든 탄환으로 성공했으니 이제는 완전한 탄환으로 시험해 만든 소총이 제대로 작동하는지 알아볼 차례였다.

약실에 탄환을 넣은 이장손은 노리쇠 손잡이를 밀어 장전을 마쳤다.

다음은 첫 번째 사격과 마찬가지였다.

표적을 조준한 후 방아쇠를 당겼다.

두 번째 사격 역시 대성공이었다.

탄환은 정확히 허수아비의 가슴을 관통했다.

몇 차례 시험발사를 성공리에 마쳤을 때 이혼이 새로운 명을 내렸다.

"기관부에 있는 노리쇠를 교체해서 발사해보게."

"예, 저하."

이장손은 소총의 부품을 빠르게 분해했다.

설계할 때부터 간단한 구조를 선택해 분해, 조립이 쉬운 편이었다.

분해한 소총에서 사용한 노리쇠를 꺼낸 이장손은 새로운 노리쇠를 가져와 다시 조립을 시작했다. 이 시험이 성공해야 전투에 나간 병사들이 알아서 자기가 고장 난 부분을 고칠 수가 있었다.

한데 다시 조립하던 이장손이 당황한 표정을 지었다.

이혼은 급히 물었다.

"왜 그러는가?"

"노리쇠가 맞지 않습니다."

"이리 줘보게."

이혼은 이장손에게서 새로운 노리쇠를 받아 살펴보았다.

노리쇠는 규격이 정확해야했다.

그렇지 않으면 폐쇄돌기가 제대로 작동하지 않아 가스가 밖으로 새어나가 사수를 다치게 하거나, 스프링과 공이가 제대로 작동하지 않으면 불발을 일으킬 수 있어 아주 정교하게 만들어야했다.

한데 문제는 정교하게 만들 수 있는 사람이 얼마 없다는 점이었다.

프레스로 찍어내거나, 밀링머신과 같은 선반이 있으면 모르지만 없는 상황에서는 오로지 장인의 기술과 안목을 믿는 수밖에 없었다.

한데 교체하려던 노리쇠는 미리 정해둔 규격과 맞지

않았다.

약실과 노리쇠 규격이 설계한대로 정확히 맞아 떨어져야지만 총이 제대로 작동을 하는지라, 이는 생각보다 큰 문제를 안겨주었다.

이혼은 며칠 동안 밤을 새워가며 부품의 규격을 정확히 산출했다.

그리고 자, 컴퍼스와 같은 계측도구를 최대한 정확히 만들어 설계도에 있는 규격대로 부품을 제작할 수 있는 환경을 구축해나갔다.

구축한 후에는 장인들을 대상으로 교육에 나섰다.

아무리 눈대중이 뛰어난 장인도 자나, 컴퍼스의 도움을 받게 했다.

모든 준비를 완벽히 갖춘 후에야 부품제작을 재개했다.

그렇게 보름이 더 지났을 무렵.

마침내 규격에 차이가 거의 없는 노리쇠를 생산해내기 시작했다.

1미리 이하에서 차이를 더 줄이는 것은 현실적으로 힘들었다.

이장손이 노리쇠를 교체해가며 시험해본 결과는 아주 만족스러웠다.

시험용으로 제작해둔 다섯 개의 노리쇠 모두가 완벽하게 작동했다.

이혼은 사격장에 나가 자신이 직접 시험발사를 해보았다.

사격장에는 참모들과 소식을 들은 장수들이 모여 북새통을 이뤘다.

용란과 용조, 용염에 이어 이혼의 또 다른 신무기가 등장한 것이다.

참모와 장수들은 두근거리는 마음으로 발사를 지켜보았다.

이혼은 이장손이 가져온 신형 소총의 전체적인 형태를 먼저 살폈다.

총 길이는 1미터 30센티미터였으며 무게는 4.5킬로그램이었다.

총 길이 중에 총신의 길이는 90센티로 나머지 부분이 40센티였다.

여기에 대검을 장착하면 2미터 가까이 늘어났다.

구경은 7미리였으며 격발방식은 노리쇠를 이용한 볼트액션이었다.

설계기본은 드라이제소총으로 러시아의 모신나강과 비슷했다.

이혼의 눈에는 소총이 나무와 무쇠로 만든 예술작품처럼 보였다.

총을 내려놓은 이혼은 옆에 있는 탄환을 집었다.

7미리 탄으로 새로운 소총의 구경에 맞게 제작한 전용 탄환이었다.

이혼은 소총의 노리쇠를 당겼다.

원래는 노리쇠 멈치를 만들어 넣어 장전할 때, 노리쇠를 후퇴 고정하는 방법 역시 생각해보았는데 구조가 너무 복잡하여 포기했다.

노리쇠가 뒤로 움직이며 약실이 모습을 드러냈다.

이혼은 바로 탄환 하나를 집어서 약실에 조심스레 장전했다.

장전을 마친 이혼은 노리쇠를 옆으로 눕혀서 앞으로 밀었다.

철컥!

노리쇠가 방아쇠에 걸리는 소리가 들렸다.

이어 소총의 개머리판을 어깨에 견착한 이혼은 총구를 들어서 100미터 거리에 놓여 있는 허수아비모양의 표적을 향해 겨누었다.

조준방법은 간단했다.

개머리판 앞에 있는 가늠자와 끝에 있는 가늠쇠, 그리고 표적을 일치시켜 최종적으로 가늠자와 가늠쇠, 표적이 하나로 보여야했다.

긴장으로 인해 흐릿하던 시선이 조금씩 선명해지기 시작했다.

이혼은 총구가 움직이지 않도록 최대한 어깨에 견착해 지지했다.

미친년이 널을 뛰듯 움직이던 총구가 점차 안정을 찾아 갔다.

"휴우."

심호흡한 이혼은 가늠자 안에 표적이 보이는 순간, 방아 쇠를 당겼다.

탕!

경쾌한 총성과 함께 몸이 흔들렸다.

생각보다 반동이 커서 다리에 힘을 준 채 버텼다.

반동이 사라진 후 총을 탁자에 놓은 이혼은 보고를 기다 렸다.

조금 전 사격으로 인해 몸에 소름이 잔뜩 돋아있었다.

잠시 후, 표적지에서 대기하던 병사가 일어나 붉은 수기 를 흔들었다.

"명중입니다!"

장교의 신호를 본 참모와 장수들이 환호성을 질렀다.

그들도 이 신형 소총에 어떤 의미가 있는지 잘 알았다.

이혼이 왜군 조총을 강탈해 조총부대를 편성한 이후 조 총은 어느새 근위사단에서 빠져서는 안 되는 주력 무기 중 하나로 성장했다.

그런 상황에서 기존 조총보다 몇 배 더 빠르게 장전할

수 있으며 몇 배 더 정확하게 표적을 맞출 수 있는 무기가 있다면 아군의 희생은 최소화한 채 전투에서 승리를 가져올 수가 있었던 것이다.

이혼은 소총을 들어 장수들에게 보여주었다.

"이번에 나와 국가기술원 여러 장인이 힘을 합쳐 만든 신형 소총이오. 연구와 시험개발, 시험사격을 거쳐 양산할 준비가 끝났으니 초도 생산분 100정을 1연대에 가장 먼저 보급하도록 하겠소. 그 후에 생산하는 분량은 각 연대에 골고루 나누어줄 것이오."

정탁이 물었다.

"소총의 이름은 정하셨습니까?"

"용아(龍牙)라 정하겠소."

이혼이 용아라 명명한 신형 소총은 곧 구체적인 제원이 밝혀졌다.

유효사거리는 200미터, 최대사거리는 800미터였다.

조총의 유효사거리가 6, 70미터였으니 장족의 발전이었다.

이혼은 국가기술원 산하에 군기시(軍器寺)를 만들어 양산에 나섰다.

용아에 들어가는 부품은 장인들이, 조립은 일반 백성을 고용해 진행했는데 처음에는 속도가 느려 5정에서 6정가량을 생산하였다.

그러나 작업의 숙련도가 올라간 후에는 생산량이 크게 늘어 한 달 후에는 하루에 20정이 넘는 용아를 생산해 군수과에 납품했다.

이런 속도라면 3, 4년 안에 근위사단 전체를 무장시킬 수가 있었다.

이혼은 또 군기시에 따로 탄환을 생산하는 부서를 만들어 용아에 들어가는 전용 탄환을 생산해 용아와 같이 납품하도록 조치했다.

근위사단을 재무장시키는데 여념이 없을 무렵.

북경으로 떠났던 이덕형이 돌아왔다.

이혼은 유성룡, 정탁, 김성일, 이항복을 불러서 같이 이야기를 들었다.

이덕형의 절을 받은 이혼은 방석을 가리켰다.

"원로에 얼마나 고생이 많았소."

"아니옵니다. 신은 해야 할 일을 했을 뿐이옵니다."

이덕형이 자리에 앉으며 겸양했다.

목을 축이게 차를 내오라한 이혼이 물었다.

"그래, 어떻게 되었소?"

"송구하오나 그들은 명군이 회군하는 데 조건을 하나 내걸었습니다."

"어떤 조건이오?"

"명나라가 여진족을 칠 때 조선이 도와야한다는 조건이

었습니다."

김성일이 즉각 입을 열었다.

"그런 약속을 함부로 해서는 안 됩니다."

유성룡 역시 회의적이었다.

"맞습니다. 지금 내부의 사정도 복잡한데 그런 약속을 해선 안 됩니다. 잘못하는 날에는 국제적인 문제로 비화될 여지가 있습니다."

이항복의 생각은 다른 듯했다.

"다른 방법이 없지 않습니까?"

유성룡은 재차 고개를 저었다.

"어차피 명은 누르하치의 발호로 인해 요동의 군대를 조선에 오래 주둔시킬 수 없으니 조금 더 기다려보는 게 좋을 거라 생각하오."

정탁은 고개를 돌려 상석에 앉아 있는 이혼을 보았다.

"저하는 어찌 생각하십니까?"

"으음."

대답대신 탄식을 토한 이혼은 눈을 감았다.

'시간이 지날수록 명은 쇠하고 여진족은 강성해질 것이다. 차라리 명을 이용해서 여진족의 세력을 꺾어놓는 것도 나쁘진 않다. 우리가 앞으로 상대해야할 외적에 꼭 왜군만 있는 것은 아니니까.'

아직 훗날의 일이지만 병자호란과 정묘호란을 대비할

필요는 있었다.

이혼은 눈을 뜨며 천명했다.

"그 조건을 받아들이겠소. 한음(漢陰)대감이 도성에 있는 이여송에게 명나라 조정의 조건을 받아들일 테니 돌아가 달라 말하시오."

"예, 저하."

이덕형은 바로 움직였다.

이덕형 본인이 직접 찾아가기에는 위험부담이 너무 큰 상황이어서 믿을 수 있는 사람에게 명나라조정이 준 문서를 들려 보냈다.

얼마 후, 이여송이 지휘하는 명나라군대는 요동을 향해 출발했다.

선조가 이여송의 바짓가랑이를 잡아가며 말려보았으나 이여송은 선조에게 이덕형이 명나라에서 가져온 문서를 보여줄 뿐이었다.

여진족으로 인해 요동의 상황이 어지러우니 조선에 주둔한 명나라 요동군은 속히 요동으로 원대 복귀하여 대기하라는 문서였다.

이여송이 이렇게 나오니 선조도 더 이상은 방법이 없었다.

그저 눈물을 흘리며 떠나보낼 뿐이었다.

명나라군대가 요동으로 복귀할 무렵.

이혼은 군대를 조련하느라 정신없었다.

근위사단은 1연대를 중심으로 기존에 사용하던 조총을 신형소총 용아로 교체하며 주력 무기전환(武器轉換)을 서두르는 중이었다.

근위사단 1연대장 유경천이 부산대첩(釜山大捷)에서 장렬히 전사하여 비어있던 연대장 자리에는 전라사단 1연대장 황진을 앉혔다.

황진은 이치전투에서 권율과 함께 왜군의 전라도침략을 막는 등 여러 전투에서 혁혁한 공을 세운 장수로 팔도에 명성이 자자했다.

특히, 선봉에 서서 병사들을 독려하는 맹장으로 유명했으며 일신의 무예 또한 녹록치 않아 유경천을 대신할 적임자로 꼽혀왔다.

이혼은 여러 번 그를 근위사단에 끌어들이려 하였으나 기회가 없어 마음을 접었는데 이번에 다시 기회가 생겨 1연대장에 앉혔다.

1연대는 근위사단 보병연대 중에서 주력에 해당했다.

이혼이 가장 위험한 전투에 가장 먼저 투입하는 부대가 1연대였다.

또, 가장 늦게 철수하는 부대 역시 1연대일 경우가 많았다.

그런 1연대의 연대장에는 아무나 앉힐 수는 없어 황진을 불러왔다.

황진은 이혼의 기대에 부합하는 결과를 만들었다.

주력 무기를 전환할 때는 부대 분위기가 어수선해지기 마련이었다.

그러나 황진은 이를 잘 단속해 한 치의 흐트러짐을 보이지 않았다.

지금 당장 전투에 투입해도 상관없을 수준이었다.

이혼은 장기적으로 사수, 살수, 포수로 이루어진 현재의 삼수병체제를 포수만으로 이루어진 즉, 소총병체제로 바꿀 생각이어서 그 동안 만든 용아 300정을 1연대 1대대에 주어 시범운용에 나섰다.

문경 인근 공터에 1연대 1대대 300여 명이 도열해 있었다.

한데 복장과 무장이 특이했다.

머리에는 쇠로 만든 둥그런 형태의 철모를 착용했다.

또, 두정갑이나, 찰갑 대신 녹색과 검은색 등 여러 색이 뒤섞여 있는 새로운 군복을 입었는데 백성들이 입던 바지저고리와도 생김새가 달라 몸에 달라붙는 형태의 상의와 하의로 이루어져있었다.

거기에 허리와 어깨에 교차해 착용하는 탄띠를 착용해 기존에 보던 병사들의 차림새와는 완전히 달라서 다소 생소한 모습이었다.

소지한 무장(武裝) 역시 크게 변모했다.

주력무기는 얼마 전 생산을 시작한 용아였으며 탄띠 옆

에는 50센티미터 길이의 대검(帶劍)을 따로 착용해 백병전이 벌어지면 이 대검을 총구 끝에 결합해 용아의 전장이 2미터를 훌쩍 넘었다.

탄띠 앞에는 탄환을 넣는 탄입대가 네 개가 달려 있었으며 가슴 쪽 탄띠에는 개인용으로 지급한 죽폭 네 개가 양쪽에 달려있었다.

이 자리에는 이혼을 비롯해 병조업무를 담당하는 정탁, 육군을 지휘하는 도원수 권율 등 분조의 수뇌부 대부분이 참석해있었다.

이혼은 단상에 올라가 1연대의 무장상태를 살펴보며 물었다.

"방탄조끼는 아직이오?"

"곧 보급할 예정입니다."

이혼의 질문에 대답한 사람은 권율이었다.

전 전라사단장 권율은 도원수로 승진해 삼도 육군을 통솔 중이었다.

이혼은 고개를 끄덕이며 말을 이어갔다.

"머리와 장기가 모여 있는 가슴을 보호해야 생존확률이 높아지니 군기시와 협력해 빨리 보급해주도록 하시오. 이 근위사단 1연대 1대대는 앞으로 조선 육군의 개혁을 위한 시범부대이니 이 부대를 운용하며 나타나는 문제점을 바로바로 수정할 필요가 있소."

"예, 저하."

몇 가지 수정사항을 지시한 이혼은 손을 들어 명했다.

"이제 시연을 시작하시오!"

이혼의 명을 받은 권율은 단상에서 내려와 소리쳤다.

"저하께서 1연대 1대대에 시연을 명하셨다! 시작하라!"

"예!"

그 순간, 1연대장 황진을 포함한 병사들이 동시에 군례를 취했다.

한쪽 무릎을 꿇은 채 주먹을 가슴에 붙여 고개를 숙이는 군례였는데 한 사람이 움직이는 거 같은 착각이 들만큼 절도가 넘쳤다.

군례를 마친 병사들은 1대대 1중대부터 움직이기 시작했다.

1중대 병사들은 바닥에 엎드려서 용아를 200미터 거리에 설치한 허수아비 모양의 표적에 겨눈 다음, 노리쇠를 당겨 약실을 열었다.

1중대장은 병사들의 준비상황을 살펴보며 외쳤다.

"탄환 장전!"

병사들은 탄입대에서 탄환을 하나 꺼내 열어둔 약실에 장전했다.

노리쇠를 눕혀서 앞으로 민 병사들은 개머리판을 어깨

228

에 견착했다.

"발사!"

1중대장의 명령이 떨어지는 순간.

병사들이 200미터 표적을 향해 방아쇠를 당겼다.

탕탕탕탕!

백여 발의 총성이 동시에 울리는 모습은 엄청난 장관이었다.

전투에 참여한 경험이 없는 일부 관원들은 귀를 막으며 괴로워했다.

이혼은 급히 표적이 있는 방향으로 고개를 돌렸다.

파파파팟!

마치 콩을 볶는 거 같은 모습이 펼쳐지며 흙이 사방으로 비산했다.

일부는 표적을 맞추었으나 그렇지 못한 탄환들이 더 많았다.

이혼은 미간을 찌푸렸다.

'역시 사람의 손으로는 한계가 있는 것인가?'

컴퓨터로 조정하는 프레스로 찍어내도 불량품이 가끔 나왔다.

한데 지금은 장인이 부품 하나하나를 사포질로 깎아서 만들거나, 아니면 주물 틀에 쇳물을 부어 만들기에 부품마다 차이가 있었다.

그런 부품을 조립해 용아를 만들다보니 성능이 다 달랐다.

규격에 맞는 부품을 사용한 용아는 200미터 표적을 정확히 맞췄다.

그러나 규격에 조금씩 미달하는 부품으로 조립한 대부분의 용아는 멀게는 2미터, 짧게는 10센티미터 가량 표적 주위를 벗어났다.

튼튼해서 고장이 잘 나지 않는 것은 그나마 다행이었다.

"돌격!"

그때, 소리친 1중대장이 칼을 뽑은 채 표적을 향해 달려갔다.

자리에서 일어난 병사들은 1중대장을 따라 앞으로 달려갔다.

표적과의 거리가 100미터에 이르렀을 때 1중대장이 자리에 멈췄다.

"사격하라!"

1중대장의 지시에 병사들은 한쪽 무릎을 꿇은 자세로 먼저 노리쇠 손잡이를 당겨 조금 전 사용한 탄피를 탄입대 안에 보관했다.

구리로 만든 탄피는 재활용이 가능해 무조건 수거했다.

실제 전투에서는 그럴 틈이 없었지만 훈련은 예외였다.

탄피를 꺼낸 병사들은 새 탄환을 다시 약실에 밀어 넣었다.

철컥!

노리쇠 손잡이를 옆으로 눕혀서 앞으로 당기니 철컥소리가 들렸다.

이 소리는 장전을 제대로 했다는 신호였다.

장전을 마친 병사들은 무릎을 지지대로 삼아 표적을 다시 겨누었다.

탕탕탕!

다시 한 번 귀청이 떨어질 거 같은 총성이 메아리치며 날아들었다.

이혼의 시선은 여전히 표적에 향해 있었다.

이번 사격은 결과가 전보다 나았다.

거리가 100미터로 줄어 그런지 빗나가는 탄환이 별로 없었다.

이혼은 그제야 안심했다.

100미터 안에서라면 이 1대대를 이길 수 있는 부대는 현재 없었다.

사격을 마친 후 중대장은 다시 일어나 앞으로 달려갔다.

"돌격하라!"

병사들은 일어나서 앞서가는 중대장을 따라갔다.

군대가 중대장처럼 소위, 중위계급의 초급장교들에게 원하는 그림은 이처럼 맨 앞에서 솔선수범하여 병사들을 이끄는 모습이었다.

중대장은 표적과 50미터 거리에 도착했을 때, 주먹을 쥐어보였다.

"사격하라!"

병사들은 선 자세에서 탄환을 장전해 표적을 조준했다.

탕탕탕!

세 번째 사격이 끝난 후 표적으로 만들어둔 허수아비는 원래 모습을 찾아보기 힘들 만큼 너덜너덜해져 사격의 효과를 톡톡히 보았다.

중대장은 장교용 칼을 뽑았다.

"착검(着劍)하라!"

병사들은 서둘러 탄띠에 매단 대검을 뽑아서 용아 총구에 부착했다.

"돌격하라!"

중대장은 병사들이 착검을 마치기 무섭게 칼을 휘두르며 달려갔다.

"와아아!"

다시 그 뒤를 병사들이 함성을 지르며 따라가다가 허수아비 앞에 도착해서는 착검한 대검을 마치 창처럼 눕혀 찌르기 시작했다.

푹푹푹!

날을 세워놓은 대검이 허수아비 온 몸을 관통했다.

병사들은 창처럼 찌르다가, 허수아비 목을 단숨에 베어
갔다.

"헉헉헉!"

여기저기서 거친 숨소리가 들려왔다.

200미터 거리에서 엎드려쏴 자세로 사격한 후 바로 일
어나 달리기 시작해 100미터 거리에서 앉아쏴 자세로 바
꾸어 사격을 하였다.

또, 다시 50미터 안으로 접근해 서서쏴 자세에서 사격
을 한 후에 마지막 50미터를 전력으로 질주해 착검한 대검
으로 표적을 찔렀다.

사격 간격을 200미터, 100미터, 50미터로 줄여가며 사
격자세를 같이 바꾸는 이유는 적이 접근해오는 시간을 미
리 계산해서였다.

200미터 적이라면 엎드려쏴 자세로 사격이 가능했다.

적이 아무리 빨라도 200미터를 단숨에 돌파해오지는
못했다.

그리고 100미터에서는 앉아쏴 자세로 사격을 했는데
200미터보다는 가깝지만 50미터보다는 멀어서 그 중간
자세를 취하게 하였다.

마지막 50미터에서는 그야말로 눈 깜짝할 사이에 접근
이 가능한 거리에서 후속동작이 가장 빠른 서서쏴 자세로
사격하게 하였다.

훈련을 거듭할수록 200미터에서 표적까지 도달하는 시간은 점점 짧아졌으며 세 번의 사격에서 표적을 맞추는 확률도 올라갔다.

만족한 표정을 지은 권율이 1연대장 황진에게 명했다.

"이제 2중대를 보내게."

"예!"

권율과 황진은 이치전투에서부터 함께 싸워와 서로를 잘 알았다.

황진은 바로 2중대를 내보내 두 번째 시연에 들어갔다.

1중대는 개활지에 허수아비를 세워놓은 채 돌격하는 시연을 보였다.

그러나 2중대가 사용하는 훈련장은 달랐다.

2중대는 나무가 빽빽한 숲에서 훈련했다.

이혼과 권율, 황진 등도 숲으로 이동해 참관했다.

조선은 산지가 많아 숲에서 싸우는 방법을 필수적으로 익혀야했다.

또, 숲에서 하는 훈련은 시가지전투를 대비하기에도 좋았다.

나무가 시가지전투에서 만나야하는 건물과 벽을 대신해주는 것이다.

"시작하게."

황진의 신호를 받은 1대대장은 2중대를 내보냈다.

2중대는 나무를 엄폐물로 삼아 전진하며 사격을 가했다.

그리고 적이 있는 장소로 설정해놓은 곳에 도착해서는 죽폭을 던져 연막을 친 후 착검한 채 돌격해 가상의 적을 완전히 박살냈다.

반대로 후퇴할 때는 용염과 용조를 길목에 매설했다.

이렇게 하면 추격을 뿌리칠 수가 있었다.

1, 2중대가 시연을 마친 후 이혼은 장교와 병사들에게 상을 내렸다.

전군 처음으로 용아를 받아들여 시범으로 운용하다보니 병사들의 고생이 이만저만 아니어서 상을 내려 그들의 노고를 위로했다.

그 날 저녁, 이혼 처소에 유성룡, 정탁, 이항복, 이덕형 등이 모였다.

시연을 참관했던 이항복은 그 흥분이 아직 가시지 않은 모습이었다.

"실로 대단한 장관이었습니다. 태어나서 그런 광경은 처음 봅니다."

이덕형도 다르지 않았다.

"맞습니다. 이런 군대라면 무서울 게 없습니다."

이항복과 이덕형이 침마저 튀겨가며 1연대의 시연을 칭찬할 때였다.

말이 없던 유성룡이 불쑥 물었다.

"저하는 무력(武力)으로 치국(治國)하려하십니까?"

이혼은 유성룡의 말을 알아듣지 못할 만큼 어리석지 않았다.

"반대편에 있는 사람은 내 아버지요. 그리고 아버지를 따르는 신하들 역시 내 신하요, 그 밑에 있는 백성들 또한 나의 백성이오. 한데 어찌 그런 사람들에게 칼 부리를 들이밀 수 있겠소. 지금 하는 군대개혁과 훈련은 최악의 경우를 상정해 미리 대비하는 것이지, 그들에게 칼 부리 먼저 들이밀기 위해 하는 것이 아니오."

"그렇게 말씀하시니 안심이 됩니다."

유성룡은 자기가 말한 대로 적잖이 안심하는 모습이었다.

그러나 이혼은 더 이상 기다릴 수가 없었다.

왜군이 언제 쳐들어올지 모르는 상황에서 이대로 있을 수는 없었다.

어떻게 해서든 1594년이 지나기 전에 사태를 수습해야 했다.

이혼은 신하들에게 물었다.

"이제 슬슬 대치국면을 풀어야할 거 같은데 어떻게 했으면 좋겠소?"

"저들도 무력으로 치닫는 상황은 원치 않을 겁니다. 우선 사자를 보내 대화를 해보십시오. 대화를 통해 문제를 해결 수 있습니다."

정탁의 대답이었다.

이혼은 고개를 끄덕이며 다시 물었다.

"그럼 그 사자로 누가 좋겠소?"

유성룡이 입을 열었다.

"신이 하지요. 신이 먼저 말을 꺼냈으니 제가 협상에 나서겠습니다."

"좋소."

이혼의 허락을 받은 유성룡은 충청도 관찰사 이원익을 통해 도성 조정에 연락을 넣었다. 이원익은 비록 이혼의 사람이지만 도성 조정에서 계속 회유를 시도할 만큼, 저쪽과 사이가 나쁘지 않았다.

그 반면에 유성룡과 이항복, 이덕형 등은 선조를 배신한 배신자라 생각을 하는지 성토하는 목소리가 많아 직접 나서기 힘들었다.

도성 조정에서는 곧장 의견이 두 개로 갈리었다.

전에 주전파와 주화파가 있었던 거처럼 유성룡의 협상 제의에도 협상에 응해야한다는 쪽과 협상을 불허해야한다는 쪽으로 갈렸다.

주전파는 서인들이 많았다.

윤두수, 윤근수, 정철 등이 여론을 이끌었다.

반면, 주화파는 동인 중 북인이 대다수를 차지했다.

현재 조선 학계는 정여립의 모반사건과 정철의 건저의 사건으로 인해 동인, 서인체제에서 서인, 북인, 남인으로 다시 갈라져있었다.

처음에 사림이 갈라진 이유는 처한 입장이 달라서였다.

일찍 출사해 자리를 잡고 있던 기존의 사림출신 관원들은 훈구파에서 떨어져 나온 일부 관원들과 가까이 지냈는데 선조 대에 이르러 막 출사하기 시작한 젊은 관원들은 중종, 명종대에 일어난 폐해가 모두 이 훈구파 탓이라며 강하게 공격을 하기 시작했다.

젊은 관원들은 거기서 그치지 않고 당시 훈구파와 가까이 지내던 기존의 사림출신 관원들마저 공격하기 시작해 사이가 벌어졌다.

이때, 젊은 관원들은 동인, 기존의 사림출신 관원들은 서인을 형성해 동인과 서인이 점차 서로를 공격하며 당쟁이 일기 시작했다.

이후 둘 사이를 중재하던 율곡 이이가 동인들의 비판을 견디지 못하고 스스로 서인임을 자처한 후에는 학통, 지연으로도 갈렸다.

학통으로 보면 동인은 이황, 조식, 서경덕 등의 가르침을 받은 젊은 관원들이 많았으며 지역으로 볼 때는 영남 쪽 문인들이 많았다.

반대로 서인은 이이, 성혼 등의 문인이 주를 이루었으며 지역적으로 볼 때는 경기도와 충청도 등, 즉 기호(畿湖)지방출신이 많았다.

이후 정여립의 모반사건이 일어났는데 국문을 지휘한 서인 정철에 의해 동인이 엄청난 피해를 입으며 두 당은 완전히 갈라섰다.

이후 이산해의 음모로 서인 정철이 낙마할 때 정철의 처벌 수위를 놓고 동인이 온건파 남인과 강경파 북인으로 다시 갈라졌다.

그래서 지금은 기존에 있던 서인과 건저의사건 때 동인이 두 개로 갈려 생긴 남인, 북인을 합쳐 이 세 개 당파가 조정을 운영했다.

한데 이혼의 등장과 함께 이혼을 지지하던 남인이 조정에 나와 분조에 합류했다. 유성룡, 이원익, 이덕형, 김성일을 비롯해 이순신, 권율 모두 남인이거나, 아니면 남인과 가까운 무당파들이었다.

남인이 분조로 합류하며 도성 조정은 서인과 북인의 경쟁으로 변했다. 그러나 세가 큰 서인이 북인을 누르며 주전론을 이끌었다.

역적과 협상하는 군왕은 없다는 게 그들의 주장이었다.

그러나 선조는 현실적인 어려움을 생각해 북인의 손을 들어주었다.

유성룡의 제안을 받아들여 협상에 나서기로 한 것이다.

8장. 도성으로

NEO ALTERNATIVE HISTORY FICTION

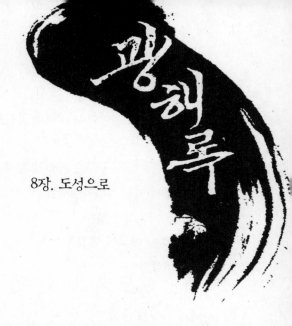

8장. 도성으로

　도성 조정은 이산해와 윤두수 두 명을 협상대표로 정했다.

　이산해는 현 북인의 영수로 정철을 건저의사건으로 실각시켰을 만큼 아주 노회한 대신이었으며 윤두수 역시 이산해 못지않았다.

　오히려 둘 중 더 위험한 자는 윤두수였다.

　조정의 승낙을 얻어낸 유성룡은 실무진을 보내 회담정소를 정했다.

　회담 장소는 아주 중요했다.

　유성룡 측에서는 충청도 충주에서 하길 바란 반면에 이산해 측은 경기도 안성에서 하길 원하여 서로의 의견이 팽팽하게 맞섰다.

유성룡 측이 충주를 원하는 데는 호위 상의 문제가 있었다.

충청도는 이혼의 영향력이 미치는 곳이었지만 경기도는 아니었다.

경기도에 들어갔다가 무슨 꼴을 당할지 알 수 없었다.

이는 이산해 역시 마찬가지였다.

경기도는 이혼의 영향력이 아직 미치지 못해 안전한 반면에, 충청도는 이혼의 입김이 미치는 곳이어서 어떻게 해서든 피하려했다.

유성룡이 파견한 실무진이 여러 차례 설득해보았지만 이산해는 물러서지 않았다. 이에 급한 쪽은 유성룡이어서 회담을 제의한 쪽이 먼저 물러서지 않는 한, 회담은 열리기가 힘든 상황이었다.

하는 수 없이 유성룡이 먼저 손을 들었다.

"그럼 우리가 안성으로 들어가겠소."

유성룡의 제안에 이산해 측은 바로 안성에 회담장소를 마련했다.

회담 장소는 곧 안성읍성의 동헌으로 정해졌다.

이혼은 유성룡이 적지에 들어가는 상황이 영 마음에 들지 않아 정기룡이 지휘하는 본부연대 병력 일부를 같이 파견하려 하였다.

그러나 이산해 측에서 곧장 반대를 해왔다.

유성룡이 데려올 수 있는 인원을 열 명으로 제한한 것이다.

이혼은 하는 수 없이 세자익위사의 기영도와 김덕령을 포함한 정예병력 10명을 선정해 유성룡을 지근거리에서 호위하도록 하였다.

유성룡이 떠나는 날, 이혼은 기영도와 김덕령을 몰래 불렀다.

"무슨 일이 있어도 유성룡대감을 살려서 내 앞에 다시 데려오게."

"예, 저하."

기영도와 김덕령은 고개를 끄덕이며 마음을 다시 한 번 다잡았다.

이혼은 또 유성룡을 불러 당부했다.

"일단 저들의 요구를 들어보시오. 과한 요구라도 나는 받아들일 생각이 있으니 우선은 요구를 들어본 후에 같이 의논하도록 합시다."

"알겠습니다."

유성룡은 이혼의 배웅을 받으며 경기도 안성으로 출발했다.

1594년 가을의 일이었다.

유성룡이 문경에서 충청도 청주 근처에 이르렀을 무렵.

충청도 관찰사 이원익과 충청사단 사단장 영규가 마중을 나왔다.

유성룡은 이원익, 영규와 해후한 연후에 청주성에서 하루 숙박했다.

다음 날, 유성룡은 다시 장도에 올라 안성으로 출발했다.

이원익, 영규 두 사람은 충청도와 경상도 경계까지 배웅을 나왔다.

이원익은 감영의 일이 많아 다시 돌아가야 했지만 충청사단장 영규는 3천의 병력과 함께 경계에서 유성룡이 돌아오길 기다렸다.

만약, 유성룡 신변에 좋지 않은 일이 생길 경우, 이혼은 영규에게 바로 3천의 병력과 함께 출발해 유성룡을 구하라는 명을 내렸다.

이는 전면전으로 흐를 수 있는 위험한 명이었으나 유성룡을 잃느니 차라리 전면전을 전개해 빠른 시간 내에 결판을 짓는 게 나았다.

유성룡은 영규와 작별해 경기도의 땅을 밟았다.

이미 이산해 측에 언질을 보냈던지라, 경기도에 들어서기 무섭게 이산해가 파견한 조정군(朝廷軍) 수백여 명이 모습을 드러냈다.

조정이 보낸 조정군은 무기와 갑옷이 모두 조악했다.

칼과 창의 크기가 제멋대로였으며 갑옷이 없는 병사마저 있었다.

그러나 상대는 수백 명이었다.

익위사의 실력이 아무리 뛰어나도 두려운 숫자임에는 틀림없었다.

기영도와 김덕령은 시선을 맞추며 언제든 움직일 수 있게 준비했다.

유성룡일행은 감시인지, 호위인지 그 임무를 명확하게 파악하기 어려운 조정군에 겹겹이 둘러싸인 채 안성에 있는 동헌으로 떠났다.

충청도와 경기도 경계에서 안성은 그리 멀지 않았다.

그 날 밤, 유성룡일행은 안성에 들어가 동헌 객사 한편에 묵었다.

유성룡은 원로에 피곤했음에도 쉽사리 잠을 이루지 못했다.

그가 만약 합의 도출에 실패한다면 아버지와 아들 사이에, 그리고 같은 민족 사이에 칼 부리를 겨누어야하는 상황이 올지 몰랐다.

유성룡은 무거운 책임감을 느꼈다.

외적과 싸워 생기는 상처보다 이런 싸움의 상처가 더 큰 법이었다.

어쩌면 영원히 그 상처를 치유하지 못할 수도 있었다.

압박감을 느낀 유성룡의 방에는 밤새 불이 꺼지지 않았다.

당연히 호위하기 위해 온 기영도 등도 덩달아 잠을 이루지 못했다.

다음 날 이른 아침, 조반을 일찍 먹은 일행은 동헌으로 걸어갔다.

기영도는 유성룡 뒤를 따라가며 주위를 빠르게 훑어보았다.

동헌에서 일하는 아전과 나졸 외에 다른 사람은 거의 보이지 않았다.

그러나 담벼락 뒤의 모습은 달랐다.

창극 수십 개가 가을햇살을 받아 은어비늘처럼 반짝였다.

여차하면 동헌 안으로 쏟아져 들어올 기세였다.

기영도는 김덕령에게 눈짓을 보냈다.

김덕령 역시 상황을 눈치 챘는지 신중한 표정을 지었다.

이윽고 회담장으로 마련한 동헌 대청에 도착했다.

기다란 탁자가 남북으로 놓여 있었으며 그 양쪽에 의자가 있었다.

기영도가 얼른 달려가 동쪽에 있는 의자를 빼주었다.

"고맙네."

사례한 유성룡은 의자에 앉아 슬며시 눈을 감았다.

이산해와 윤두수는 아직 나타날 기미가 없었다.

그때, 대청 안을 살피던 김덕령이 미간을 찌푸렸다.

그들이 있는 대청 동쪽 벽 뒤에서 미약한 숨소리가 들려온 것이다.

조정이 벽 뒤에 도부수(刀斧手)를 매복해 놓았다.

이번에는 김덕령이 기영도에게 벽 뒤를 가리키며 눈짓을 보냈다.

기영도 역시 그리 우둔하지 않은 사람이라, 그 의미를 바로 알았다.

기영도는 말 대신 수신호로 익위사 관원 몇 명을 벽 앞에 배치했다.

도부수가 튀어나오는 즉시, 그들이 먼저 베어버릴 것이다.

기다린 지 반시진이 자나서야 대청 서쪽에서 발걸음 소리가 들렸다.

유성룡은 말없이 일어나서 사람이 오기를 기다렸다.

잠시 후, 대청 서쪽에 두 사람이 모습을 드러냈다.

한 명은 풍채가 좋았고 다른 한 명은 깡마른 모습이었는데 풍채가 좋은 이가 바로 이산해였으며 그 옆의 깡마른 이는 윤두수였다.

윤두수는 기영도 등이 있는 모습을 보더니 불쾌한 기색을 드러냈다.

"흐음, 대감은 우리를 믿지 못하는 게요?"

유성룡은 담담한 음성으로 고개를 저었다.

"내가 대감을 믿지 않았으면 어찌 호랑이굴에 들어오려 하였겠소?"

그 말을 기다린 듯 윤두수의 입에서 날카로운 호통이 터져 나왔다.

"호랑이굴이라……. 참으로 뻔뻔하기 짝이 없는 행태요. 주상전하의 성은을 입은 자가 감히 주상전하가 계신 곳을 호랑이굴이라 망령되이 일컫다니 정말 대감은 역모죄가 두렵지 않은 것이오?"

"세자저하께서는 다음 보위에 오르실 분이오. 그런 분을 옆에서 돕는 게 어찌 역모라 할 수 있겠소? 오히려 세자저하를 잘 보필하여 훌륭한 군왕이 되실 수 있도록 돕는 게 신하된 자의 본분이 아니겠소? 본인은 오히려 조정에 있는 대신들의 행태가 참으로 유감이오. 영명하신 주상전하께서 어찌 아드님에게 이렇게 모질게 한단 말이오. 이는 분명 주위에 있는 간신들의 짓일 것이오."

윤두수의 입심은 소문대로 대단했으나 유성룡도 그에 못지않았다.

윤두수가 유성룡을 변절자라 몰아붙이자, 오히려 유성룡은 그런 윤두수에게 지금 신하의 도리를 제대로 하고 있는지 물어본 것이다.

도성 뿐 아니라, 팔도 전역에 윤두수형제가 선조의 혜안을 가려서 선조가 상황파악을 제대로 못하는 중이라는 소문이 파다하였다.

다시 말해 윤두수를 간신이라 몰아붙인 것이다.

윤두수의 깡마른 얼굴을 종횡으로 가른 주름이 한차례 꿈틀거렸다.

"일반 여염집에서조차 아들은 아버지를 극진히 모시며 효를 다하는데 백성에게 본을 보여야하는 세자저하께서는 어찌해 칼 부리를 아버지에게 들이미는 불효를 저지르는 것이오? 대감이 정말 세자저하를 잘 보필했다면 이런 결과가 어찌 나올 수 있었겠소?"

유성룡은 고개를 끄덕였다.

"잘 말씀하셨소. 그렇지 않아도 세자저하께서는 문안을 드리지 못하는 일이 마음에 걸리시어 저에게 송구스럽다는 말씀을 대신 전해 달라 하시었소. 조정에 돌아가시거든 세자저하가 주상전하께 문안을 드리지 못해 송구스러워한다는 말을 꼭 전해주시오."

윤두수는 쉴 틈을 주지 않았다.

"지금 세자저하는 문경에 있는 것으로 아오. 문경에서 도성이 수천 리 먼 길도 아닌데 어찌 그 말씀을 직접 드리지 않으시는 게요?"

"알다시피 세자저하께서는 그 동안 왜군을 조선의 강토

에서 몰아내느라 정신이 없으셨소. 또, 왜군이 물러간 후에는 재침략에 대비해 군제와 행정을 개혁하느라 그 역시 시간을 낼 틈이 없었소. 지금도 도성으로 돌아가고 싶은 마음이 굴뚝같으시지만 왜군이 언제 재침략해올지 알 수 없어 교통이 편리한 문경에 머무는 것이오. 도성에서 부산은 천리 길이 넘지만 문경은 훨씬 가깝소."

윤두수는 코웃음을 쳤다.

"왜군이 물러간 지가 언제인데 재침략을 걱정한다는 말이오. 대감 말대로 왜군이 재침략해올 거라면 벌써 후속부대를 보냈을 것이오."

유성룡은 고개를 저었다.

"하나만 알고 둘은 모르시는 말씀이오. 우리는 왜국 사정에 밝은 이를 파견해 동태를 살피는 중인데 빠르면 1년 안에, 늦어도 3년 안에는 왜군이 재침략해올 거라는 말을 들었소. 도요토미 히데요시, 아니 풍신수길(豊臣秀吉)은 야욕을 꺾지 않아 지금도 동원령을 내려 병사를 모으는 한편, 수송선과 전선 수백 척을 동시에 건조해 다시 조선을 침략할 만반의 준비를 갖추는 중이오."

"주군에 대한 신의마저 헌신짝처럼 버린 그대인데 그대의 말을 어찌 믿을 수가 있겠소. 또, 거짓말을 하지 말란 법이 없지 않소?"

유성룡의 눈에 노기가 흘렀다.

"임진년에 그 비참한 꼴을 당하고도 대감은 배운 게 없다는 말이오?"

그때, 대화를 묵묵히 듣고 있던 이산해가 마침내 입을 열었다.

"이제 되었소. 서로가 바쁜 몸이니 이제 그 이야기는 그만합시다."

"아직 안 끝났소."

윤두수가 으르렁 거릴 때 이산해의 표정이 딱딱하게 굳었다.

"주상전하가 임명한 정사(正使)는 대감이 아니라, 나요."

그 말에 윤두수는 불쾌한 기색을 얼굴에 드러낸 채 입을 다물었다.

한 마디로 윤두수를 조용히 시킨 이산해가 고개를 돌렸다.

"우리끼리 하는 회담인 줄 알았는데 불청객(不請客)이 더 많구려."

유성룡은 담담한 시선으로 이산해의 눈을 응시했다.

그러나 이산해의 눈에서는 표정을 읽기 힘들었다.

한때, 유성룡과 이산해는 동인의 영수로서 가까이 지냈다.

서인을 견제하거나, 혹은 서인의 공격을 동인이 막아낼

때 두 사람이 힘을 합치는 경우가 많아 누구보다 서로를
잘 아는 편이었다.

그러나 이산해가 서인이 일으킨 정여립 역모사건을 복
수하기 위하여 정철을 기만해 건저의사건을 일으켰을 때
부터 사이가 벌어졌다.

그 안에 선조의 의도가 있든, 아니면 정말로 서인 책사
송익필(宋翼弼)이 자신의 신분을 세탁하기 위해 꾸민 거짓
역모인지는 알 수 없지만 정여립의 역모사건은 동인에 엄
청난 피해를 가져왔다.

정여립은 원래 서인이었다.

이이, 성혼 등을 추종하는 자였는데 성격이 외곬수여서
자주 분란을 만들었다. 후에는 성격이 비슷한 동인 영수
이발(李潑)과 어울리다가 동인으로 당적을 바꿔 오히려 이
이, 성혼 등을 비판하였다.

이 일로 정여립은 서인 뿐 아니라, 선조의 눈 밖에 났
다.

하는 수 없이 관직을 관둔 정여립은 전라도 진안의 죽도
(竹島)에 들어가 대동계(大同契)를 조직한 후 자체적으로
훈련을 하였다.

처음에는 대동계를 동원해 서해안을 약탈하던 왜구를
쫓아내는 등 공을 세웠으나 오히려 이 점이 조정의 의심을
사기 시작했다.

왕조시대에 칼을 찬 채 군사훈련을 하는 것은 곧 역모를 의미했다.

서인에게는 동인으로 당적을 갈아탄 후 이이와 성혼 등을 비판하던 정여립이 눈엣 가시와 같았는데 마침내 없앨 기회가 온 것이다.

서인은 곧장 자기 당 사람들을 동원해 대동계를 조직한 정여립이 역모를 일으킬 거라는 투서를 작성하게 하여 선조에게 올렸다.

선조는 바로 정여립과 그에 관련한 자들을 모두 추포하라 명했다.

관군의 추격을 받던 정여립은 죽도에 들어가 아들과 함께 자결했다.

그러나 정여립이 죽어서 끝날 문제가 아니었다.

선조는 서인 영수 정철에게 위관(委官)을 맡겨 이 역모 사건을 조사하게 했는데 정철은 정여립과 가까이 지내던 동인들을 대거 잡아들여 고문했다. 그 와중에 동인 영수 이발을 비롯해 백유양(白惟讓), 최영경(崔永慶) 등 천여 명에 달하는 동인들이 죽어나갔다.

이 옥사가 바로 기축옥사(己丑獄死)였다.

이때, 죽은 동인들 중 많은 숫자가 서경덕, 조식의 제자들과 같은 북인계열이어서 북인 영수이던 이산해의 분노는 하늘을 찔렀다.

이산해는 같은 동인이면서도 이발 등의 변호에 적극적이지 않았던 유성룡 등의 남인을 비판하는 한편, 건저의사건을 일으켜 기축옥사의 위관이던 정철을 몰락시키는 정치적 수완을 드러냈다.

그야말로 벼르고 있다가 기회가 왔을 때 정철의 숨통을 끊은 것이다.

이미 기축옥사가 벌어졌을 때, 이발, 최영경 등을 적극적으로 변호하지 않는다는 이유로 비난을 당하던 유성룡 등 이황문하의 제자들은 이때 다시 정철을 극형에 처해서는 안 된다는 주장을 펼쳤다.

반면에 이산해를 비롯해 기축옥사에서 많은 피해를 본 조식과 서경덕의 제자들은 정철을 죽이려하였기에 사이가 전보다 나빠졌다.

그래서 유성룡 등 이황의 제자들은 남인, 이산해 등은 북인이 되었다.

한때는 동인을 같이 이끌던 입장이었으나 나중에는 정적이 되었다.

유성룡은 추억에 잠시 젖었다가 이내 현실로 돌아왔다.

"나는 꺼릴 게 전혀 없는 사람이오."

말을 마친 유성룡은 기영도를 불렀다.

기영도는 다시 김덕령 등 유성룡을 호위하기 위해 따라온 세자익위사 관원들과 이야기를 나누었는데 표정이 그리 밝지 않아 보였다.

잠시 후, 기영도를 제외한 나머지 관원들은 대청 밖으로 이동했다.

유성룡은 기영도에게 자기 옆자리를 권했다.

"대화가 길어질 듯 보이니 기좌익위(奇左翊衛)도 자리에 앉으시게나."

"그럼 사양치 않겠습니다."

기영도는 유성룡 옆자리에 앉아 허리를 쭉 편 채 이산해를 보았다.

이산해는 그런 기영도를 흥미로운 시선으로 보았다.

기영도도 예전의 기영도가 아니었다.

죽을 고비를 수십 번 넘겨가며 이혼을 호위한 그가 아닌가.

동작과 눈빛에서 일군을 호령할 법한 기세가 마구 뿜어져 나왔다.

이산해가 기영도에게 물었다.

"행주(幸州) 기씨인가?"

"예."

이산해가 눈을 가늘게 뜨며 다시 물었다.

"기대승(奇大升)어른을 아는가?"

"먼 친척어른 되십니다."

기영도의 대답에 이산해가 고개를 한 번 끄덕였다.

"으음, 요즘 기씨 중에는 기자헌(奇自獻)만이 인물인 줄 알았는데 아니었군. 자네와 같은 무장을 수하로 둔 저하가 부러워지는군."

"과찬이십니다."

"아닐세. 진심이야."

이산해의 말은 정말 진심이었다.

세자 주위에는 뛰어난 장수들이 즐비했다.

권율, 이순신, 정문부, 조경, 정기룡, 이억기 등 셀 수 없을 정도였다.

한데 이름을 처음 들어본 정 5품짜리 무장이 자신을 놀라 게 만들었으니 그가 모르는 뛰어난 무장들이 얼마든지 있다는 소리였다.

유성룡은 이산해의 시선을 자기 쪽으로 돌렸다.

"나는 대감을 믿었는데 대감은 나를 믿지 않으시는 게요?"

"허어, 그럴 리가 있겠소. 저 불측한 것들은 내가 준비한 게 아니오."

이산해는 도부수가 매복한 있는 벽에 쩌렁쩌렁한 목소리로 명했다.

"모두 물러가있으라!"

그 즉시, 윤두수의 표정이 일그러졌는데 이산해는 거침이 없었다.

"듣지 못한 게냐! 어서 썩 물러가라 하지 않았느냐!"

그때, 동쪽 벽에서 도부수가 움직이는 소리가 들려왔다.

이산해는 이어 안성현감을 불러 명했다.

"회담하는 동안 잡인의 출입을 삼가주게."

"예, 대감."

안성현감을 돌려보낸 이산해가 유성룡에게 눈짓을 하였다.

"되었소?"

"이제야 대화할 분위기가 만들어진 듯하오."

유성룡과 이산해는 본격적으로 협상을 시작했다.

이산해가 먼저 선조의 요구조건을 꺼냈다.

"근위사단을 먼저 해체하시오. 그러면 세자저하께서 그 동안 주상전하께 한 모든 불충과 불효를 용서하시겠다는 말씀을 하시었소."

유성룡은 손바닥으로 탁자를 후려쳤다.

"불가하오! 근위사단은 왜군을 막을 주력이오! 그 무력감과 비참함을 느꼈던 임진년이 불과 2년 전의 일이오! 그리고 왜군이 조선에 남아 강토를 수탈하던 게 불과 1년 전의 일이오! 한데 벌써 잊은 것이오? 어찌 이리 바보 같은 생각을 할 수가 있소이까!"

유성룡이 화를 내는 것은 당연해보였다.

이산해나, 윤두수가 선조를 수발들며 비위나 맞춰줄 때 유성룡은 이혼과 함께 전장을 떠돌며 전쟁의 참혹함을 몸으로 실감했다.

그리고 나라에 힘이 없을 때 백성들이 어떤 꼴을 당하는지 보았다.

아주 똑똑히 보았다.

한데 현재 조선군이 가진 유일한 주력부대이며 정규부대인 근위사단을 해체하라니 답답해서 말이 쉽게 나오지 않을 지경이었다.

이산해가 손을 들어 흥분한 유성룡을 진정시켰다.

"자, 더 들어보시오. 근위사단을 해체하면 주상전하께서는 세자저하께 보위를 물려줄 의사가 있소. 어떻소? 대가로 충분하지 않소?"

유성룡은 고개를 저었다.

"세자저하는 조건을 받아들이지 않으실 게요. 저하가 가장 중요하게 여기시는 것은 보위가 아니오. 나라의 안전과 백성의 평안이오."

이산해의 짙은 눈썹이 꿈틀거렸다.

"일국의 세자께서 보위에 관심이 없다니 믿기 힘든 말이오. 혹, 저하께서는 조선을 세운 열성조(列聖祚)들을 버리려 하는 것이오?"

조선을 세운 열성조를 버린다는 말은 곧 나라를 버린다

는 말이었다.

다시 말해 그 말은 새로운 나라를 세운다는 의미였다.

유성룡은 담담한 표정으로 고개를 저었다.

"너무 앞서가지 마시오. 저하는 조선을 구하기 위해 왜국과 싸운 분이오. 감히 그런 분에게 그런 망발을 하다니 창피한 줄 아시오."

이산해는 손을 들었다.

"오늘은 이것으로 마칩시다. 우리가 내건 조건을 잘 생각해보시오."

그것으로 끝이었다.

이산해와 윤두수가 먼저 돌아갔다.

한편, 유성룡은 자리를 떠나지 않은 채 선조의 조건을 떠올려보았다.

그러나 그가 어찌해볼 수 없는 사안이었다.

이는 이혼의 생각이 무엇보다 중요했다.

유성룡은 처소에 돌아와 기영도에게 지시했다.

"이산해가 내민 조건을 세자저하께 알려드리게."

"예."

그 길로 기영도는 익위사 관원 두 명과 함께 문경으로 출발했다.

기영도가 자리를 비운 동안에는 김덕령이 유성룡의 호위를 맡았다.

문경에서 소식이 오길 기다리던 이혼은 기영도를 보자
마자 물었다.

　"어떻게 되었나?"

　"이산해대감이 주상전하의 조건을 얘기했습니다."

　옆에 있던 김성일이 참지 못하고 물었다.

　"조건? 뭐에 대한 조건인가?"

　"저하께 양위하는 조건입니다."

　김성일 반대편에 있던 이항복이 서둘러 물었다.

　"그래, 양위하는 대신에 무엇을 원하던가?"

　"근위사단의 해체입니다."

　기영도의 대답이 끝나는 순간, 모두 입을 다물었다.

　정탁, 김성일, 이항복, 이덕형, 허준 등이 모두 말을 잇
지 못했다.

　오로지 이혼만이 냉정하게 생각하며 물었다.

　"근위사단만이 왜국의 재침략을 막을 수 있다는 것을
모르는 것인가?"

　"유성룡대감이 여러 차례 말했으나 꿈쩍하지 않았습니
다."

　"으음, 알겠네. 피곤할 테니 처소에 가서 휴식을 취하
게."

　"예, 저하."

　기영도가 돌아간 후 이혼은 대신들에게 물었다.

"어떻게들 생각하시오?"

정탁은 고개를 저었다.

"받아들이기 어려운 제안입니다. 근위사단은 저하가 가진 유일한 무력수단이나 다름없습니다. 충청사단, 전라사단, 경상사단이 있기는 하나 그들은 아직 주상전하에 대한 충성심이 남아있습니다."

김성일이 눈을 크게 떴다.

"정말 그렇기야 하겠소이까?"

정탁은 흔들림이 없었다.

"저하와 주상전하 간에 싸움이 벌어진다면 그들은 어느 쪽에도 가담하지 않거나, 아니면 주상전하를 위해 저하께 칼 부리를 겨눌 가능성마저 있습니다. 그러나 근위사단만은 다릅니다. 근위사단은 저하에 대한 충성심이 대단해 배신하지 않을 겁니다. 설령, 장수들 중에 일부가 배신하더라도 병사들은 저하를 따를 겁니다."

이항복이 정탁에게 물었다.

"대감은 그럼 저들의 요구에 따라 근위사단을 해체한 후에는 저들이 말을 바꿔 양위약속을 지키지 않을 거라 생각하시는 겁니까?"

정탁은 고개를 끄덕였다.

"근위사단을 가진 저하는 두려운 존재지만 저하의 곁에 근위사단이 없으면 더 이상 두려운 존재가 아니라오. 하삼

도 백성의 불만이야 곧 사그라질 테니 토사구팽(兎死狗烹)
이 가능해지는 것이오."

이혼은 미간을 찌푸렸다.

"그렇다고 주상전하와 싸울 순 없소이다. 더구나 왜군
이 언제 쳐들어올지 모르는 상황에서는 내부를 빨리 안정
시키는 게 중요하오."

이덕형이 급히 물었다.

"하오시면 저하께서는 저들의 요구를 승낙하실 생각입
니까?"

"승낙할 생각이오."

이혼은 기영도에게 답을 주어 다시 보냈다.

그 사이, 이혼은 선조에게 자신의 확고한 의사를 보여주
기 위해 근위사단을 해체하기 시작했다. 우선 근위사단에
서 지급한 무기는 모두 압수한 후 그 동안 얻은 전리품을
녹봉으로 나누어주었다.

부산포 창고에서 노획한 돈과 보물이 많아 모두 충분한
양을 받았다.

이어 5연대, 3연대, 2연대 등의 보병연대를 해체했다.

연대장을 비롯한 장교들은 발령대기 조치를 처했다.

선조가 양위한 후 그들을 바탕으로 새로운 군대를 꾸릴
계획이었다.

뒤이어 기병연대, 유격연대, 항왜연대순으로 해체했으

며 마지막에 본부연대와 1연대를 해체하는 것으로 근위사
단은 분해가 끝났다.

문경을 감시하던 조정의 염탐꾼들은 바로 이 소식을 도
성에 전했다.

그러나 선조는 의심이 많았다.

기축옥사, 건저의사건 등 왜란 전에도 이미 의심이 많은
성격이었는데 왜란을 거치는 동안, 더 심해져 거의 의심병
수준에 이르렀다.

정말로 해체했는지, 아니면 보여주기 위한 해체인지 확
인하기 위해 두세 번 더 정탐꾼을 보내 병사들의 목적지를
세세히 조사했다.

정탐꾼들은 병사들이 고향에 돌아가 가족들과 해후하는
모습을 확인한 후에야 도성에 돌아가 이 사실을 선조에게
바로 보고하였다.

이쯤하면 안심할 법했다.

이혼은 날개에 이어 두 다리마저 뎅강 잘려나간 셈이었
다.

더 이상 날아올 수 없는 몸이었다.

그러나 선조의 의심병은 그런 수준을 이미 벗어나있었다.

선조는 이혼에게 가진 무기를 모두 소각하라 명했다.

그 무기에는 소룡포와 용란, 용조, 용염, 용아 등도 포함
이 되었다.

이혼은 약속대로 해주었다.

이산해와 윤두수가 보는 앞에서 무기를 녹여 솥과 낫으로 만들었다.

선조는 이산해의 보고를 받고 나서야 이혼을 믿는 눈치였다.

손을 터는 동작을 취한 이혼이 손을 들어 이산해에게 보여주었다.

"나에겐 이젠 남은 무기가 없소. 빈털터리란 말이지."

이산해는 고개를 숙였다.

"잘 하셨습니다."

"이젠 무엇을 해야 하오?"

"주상전하께서는 저하에 대한 의심은 이제 버리셨으나 저하를 따르는 자들에 대한 의심은 아직 거두지 않으셨습니다. 저에게 그들을 가택에 연금하거나, 귀양을 보내라는 어명을 내리셨습니다."

이혼의 미간이 보기 흉하게 일그러졌다.

"정말 그게 주상전하의 뜻이오?"

"그렇습니다. 이제 한 고비만 남았습니다."

이혼은 일그러트린 미간을 여전히 풀지 않았다.

"그 고비가 참으로 넘기 어려운 고비인 거 같소."

"어차피 곧 저하께서 보위에 오르시면 귀양 간 부하들을 다시 데려오실 수 있을 겁니다. 진짜 귀양 보내라는 게 아닙니다. 시늉이라도 하여 주상전하의 의심을 풀어드리십시오. 그게 신하로서, 그리고 자식으로서 군왕과 부친에게 해야 하는 도리일 겁니다."

한참을 고민하던 이혼은 고개를 끄덕였다.

"알겠소. 내 그리 하리다."

"서두르십시오. 요즘 전하께서는 심경의 변화가 커서 언제 바뀔지 알 수 없습니다. 의심이 깊어지기 전에 서두르셔야할 줄 압니다."

재촉을 받은 이혼은 다른 방법이 없었다.

이산해의 말대로 보위에 오른 후 다시 부르기로 한 후 정탁, 유성룡, 이덕형, 이항복, 김성일, 이원익을 비롯한 문관들과 권율, 이순신, 정문부, 조경, 권응수 등 휘하에 있는 무관들을 직위해제했다.

이젠 정말 이혼의 주위에는 기영도와 허준 등 몇 명이 남지 않았다.

부하들의 정리가 끝났을 무렵.

이산해가 이혼을 찾아왔다.

"이제 도성으로 가시지요. 주상전하께서 세자저하를 부르셨습니다."

"알겠소. 내 잠시 차비를 할 터이니 기다려주시오."

처소로 들어간 이혼은 창문을 살짝 열었다.

"있느냐?"

"예, 저하. 대기 중입니다."

창문 뒤에서 들려온 목소리는 바로 항왜연대장 웅태였다.

황진, 조경, 정문부 등은 조정의 감시를 받아 움직이기 힘들었다.

그러나 항왜연대는 비교적 감시가 덜한 편이었다.

도성 조정에서는 항왜가 조국을 배신한 비겁한 자들이라 생각해 하찮게 취급하였던 관계로, 거의 감시를 받지 않는 상황이었다.

이혼은 갓을 쓰는 척하며 물었다.

"준비는 끝났느냐?"

"모두 끝났습니다."

"그럼 재량권을 주마. 적당한 때를 골라 시행해라."

"예, 저하."

짧은 문답을 마친 웅태는 고양이처럼 날렵한 동작으로 사라졌다.

갓과 도포를 입은 이혼은 밖으로 나와 주위를 둘러보았다.

동행을 허락한 익위사는 기영도 한 명이었다.

그리고 따로 여행 도중 건강을 보살피기 위해 허준이 동행하였다.

이혼은 기영도가 가져온 군마를 보며 물었다.

"흑룡은?"

"저들이 데려갔습니다."

"왜?"

"콩을 너무 많이 먹어서 문제라고 하더군요."

기영도의 대답을 들은 이혼은 피식 웃었다.

"흑룡이 등치가 커서 그런지 많이 먹기는 하더군."

이혼은 기영도가 가져온 새로운 군마에 올랐다.

어의 허준도 말에 올라 이혼의 뒤에 따라붙었다.

숨을 깊이 들이마신 이혼은 고개를 돌려 이산해를 보았다.

"자 갑시다. 날이 더 저물기 전에 출발해야겠소."

이혼의 말에 이산해가 말에 오르며 소리쳤다.

"출발하라!"

그 즉시, 도성 조정군 수십 명이 이혼을 에워싼 채 도성으로 떠났다.

경상도 북부의 백성 수천 명이 연도에 나와 이혼을 배웅해주었다.

부부로 보이는 남녀 중에 사내가 아낙에게 버럭 화를 냈다.

"재수 없게 왜 질질 짜고 그러는가."

아낙이 지지 않고 대거리를 하였다.

"그럼 당신은 안 슬퍼요? 세자저하가 우리를 떠나자나요."

"슬프긴 왜 슬퍼. 오히려 기뻐해야지. 나는 지금 신이 나서 춤이라도 추고 싶을 지경이라구. 저하는 앞으로 성군이 되실 분이야. 그런 분이 장도에 오르는데 질질 짜서 재수 없게 만들면 쓰나."

부부의 대화처럼 경상도 북부, 아니 하삼도 전체가 이혼을 추종했다.

문경을 지나 충청도에 들어설수록 더 많은 백성들이 연도에 나와 그가 도성으로 가는 모습을 지켜보았다. 어떤 이들은 절을 올렸으며 또 어떤 이들은 먹을 것을 가져와 공손히 바치기도 하였다.

이산해 등은 그 모습을 보며 위협을 느꼈다.

세자 신변에 무슨 일이 생기면 하삼도는 이대로 들고 일어날 것이다.

이는 왕실에도 나라에도 절대 좋을 게 없었다.

행렬은 청주에서 충주를 거쳐 마침내 경기도에 들어섰다.

경기도에서는 연도에 나온 백성들이 많지 않아 조용한 편이었다.

별다른 사고 없이 이동하던 행렬이 이천 해룡산(海龍山)에 도착했다.

이혼은 아담한 크기의 해룡산을 보며 이산해에게 물었다.

"이 산을 잘 아시오?"

해룡산을 힐끔 본 이산해가 고개를 끄덕였다.

"예, 압니다. 임금과 신하들이 사냥을 하며 강무(講武)하던 산이지요."

"그럼 해룡산의 해룡은 바다의 용을 가리키는 말이오?"

이혼의 질문에 이산해는 고개를 가로저었다.

"아닙니다. 해룡은 바다의 용이라는 뜻이 아니라, 사해(四海)의 용을 의미합니다. 즉, 사해를 다스리는 임금을 가리키는 말이지요."

이혼은 높지 않지만 산세가 수려한 해룡산을 보며 고개를 끄덕였다.

"설명을 듣고 다시 보니 정말 좋은 기운이 서려있는 산으로 보이오."

"그렇습니까?"

"앞으로 나와 경이 저 산에서 강무하며 지금을 추억할 때가 올 거라 믿소. 그때는 지금보다 조금 더 나은 세상이기를 바라지만."

"곧 그렇게 될 겁니다."

이산해가 고개를 끄덕일 무렵.

쉬익!

따가운 가을 햇살 속에서 시커먼 그림자 하나가 허공을 갈라왔다.

9장. 의도된 습격

9장. 의도된 습격

모두의 시선이 그림자를 따라갈 때, 기영도가 칼을 뽑아 후려쳤다.

차앙!

검은색 화살 한 대가 부서져 사방으로 그 파편이 날았다.

장내에 있는 사람이 모두 보았다.

그 화살을 노리는 표적은 다름 아닌 이혼이었다.

누군가가 이혼이 도성으로 가는 것을 방해하려 하였다.

아니, 이혼을 이곳 해룡산 앞에서 한 줌의 고혼으로 만들려하였다.

이혼은 이산해를 보며 노해 소리쳤다.

"대감! 나를 속인 것이오?"

이산해는 오히려 공격을 당한 이혼보다 더 놀란 듯했다.

"신, 신은 모르는 일이옵니다."

이산해가 대답하는 와중에도 화살이 계속 날아들었다.

몇 대는 이혼을, 그리고 나머지 화살들은 이산해가 데려온 호위병에게 향했다. 병사들은 칼을 휘두르거나, 방패로 화살을 막았다.

그러나 막지 못한 병사들은 말 등에서 굴러 떨어졌다.

기영도가 칼을 휘둘러 화살을 쳐내며 소리쳤다.

"서쪽으로!"

우왕좌왕하던 병사들은 그제야 서쪽으로 말을 몰기 시작했다.

화살이 날아오는 해룡산에서 최대한 멀리 떨어질 필요가 있었다.

"제길!"

앞서 나가던 기영도가 욕을 하며 기수를 다시 돌렸다.

해룡산 반대편에 있는 논에서도 화살이 날아왔다.

다만, 이번에는 은폐할 곳이 없어 활을 쏘는 적의 모습이 드러났다.

활을 쏘는 적들은 산적차림새를 하고 있었다.

그러나 산적인지, 아니면 산적으로 위장한 자객인지는 알 수 없었다.

기영도가 말배를 차서 이혼 옆으로 돌아왔다.

"남쪽으로 가셔야겠습니다."

"알겠네."

이혼은 허준과 함께 남쪽으로 말을 몰았다.

이산해 등도 급히 호위병들과 그 뒤를 쫓았으나 뒤에서 화살이 날아와 시간을 잡아먹었다. 한차례 화살 세례를 받은 후에 고개를 다시 돌려보니 이혼과 기영도, 허준의 모습은 이미 사라졌다.

이산해는 급히 고개를 돌려 산적들을 찾았다.

그러나 산적들도 어느새 모습을 감추었는지 보이지 않았다.

이산해는 이혼을 찾으러갈까 하다가 북쪽으로 기수를 돌렸다.

이게 정말 조정에서 벌인 짓이라면 그 후폭풍이 만만치 않을 터였다.

말을 모는 이산해의 손길이 더없이 바빠졌다.

한편, 남쪽으로 도망친 이혼은 산마루 근처의 폐가 안으로 피신했다.

누가 버린 집인지 거미줄이 잔뜩 쳐있고 장독은 깨져있었다.

허준이 급히 폐가 마루에 있는 먼지를 도포 소매로 깨끗이 닦았다.

"여기 앉으시지요."

"고맙소."

이혼은 마루에 앉아 기영도를 불렀다.

"어떤가? 자객이 추격해오는 것 같은가?"

"아직은 조용합니다."

"혹시 모르니 조금 더 나가서 확인해보게."

"아닙니다. 저는 저하 곁에 있겠습니다."

"자네 말대로 조용하다면 위험할 게 없지 않은가. 나도 이제는 그리 녹록한 사람은 아니니 걱정하지 말게. 또, 자객이 덮쳐오면 큰 소리로 부를 테니 동구 밖까지 나가서 적이 오나 살펴보시게."

이혼의 명에 기영도는 하는 수 없이 밖으로 나갔다.

가는 도중 고개를 계속 돌리는 모습이 마음이 놓이지 않는 듯했다.

이혼은 이어 허준을 불렀다.

"목이 마른데 물을 좀 떠다주겠소?"

"그럼 얼른 다녀올 테니 여기 계십시오."

허준은 이혼이 내민 빈 물통을 들고 우물을 찾아 나섰다.

허준마저 폐가를 떠난 후.

폐가 안채에서 검은 그림자 하나가 모습을 드러냈다.

처음에는 그림자인줄 알았는데 다시 보니 검은 옷을 입

은 분명한 사람이었다. 그는 등에 활과 화살 통을, 허리에 칼을 착용했다.

검은 그림자는 마치 고양이처럼 살금살금 걸어와 이혼 뒤에 섰다.

칼자루에 손을 올리는 모습이 자객의 형상과 일치했다.

그러나 이혼은 한가한 표정으로 허준이 떠난 정문을 보는 중이었다.

그야말로 목숨이 경각에 처했을 때였다.

검은 그림자가 돌연 복면을 벗으며 이혼 뒤에 엎드렸다.

"저하, 무사하시어 다행입니다."

검은 그림자의 정체는 바로 웅태였다.

이혼은 미소를 지었다.

"수고했네."

"소인이 쏜 화살이 빗나갈까봐 걱정했습니다."

이혼은 도포 안에 입은 엄심갑(掩心甲)을 가리켰다.

"이 엄심갑을 믿었고 자네의 활 솜씨도 믿었지. 대단한 실력이었어."

"과찬이십니다."

이혼을 향해 날아갔던 화살을 쏜 사람이 바로 웅태였다.

웅태는 이혼과 기영도 사이를 조준해 화살을 쏘았는데 다행히 기영도가 앞으로 나와서 화살을 쳐내는 바람에 이혼이 맞지 않았다.

이혼은 자신을 미끼로 내세워 이번 계획을 만들었다.

다소 위험해 보이는 작전이었으나 적을 속이려면 다른 수가 없었다.

이혼은 고개도 돌리지 않은 채 물었다.

"이산해는?"

"살아서 북쪽으로 갔습니다."

"잘했다."

잘했다는 말을 한 후에 말이 없는 이혼에게 웅태가 조심스레 물었다.

"이제 다음 계획을 실행할까요?"

"으음."

잠시 한숨을 쉰 이혼은 일어나서 하늘을 보았다.

천고마비의 계절.

하늘은 높고 말은 살찐다는 가을에 원치 않은 결정을 내려야했다.

이는 풍요를 의미하는 가을과는 전혀 다른 결정이었다.

"부하들은?"

웅태는 이혼의 짧은 질문에도 그게 무엇을 의미하는지 바로 알았다.

"각자 맡은 위치에서 저하의 지시를 기다리고 있습니다."

"먼저 문관과 장수들을 복귀시켜라. 그 후에 근위사단

을 부르겠다."

"알겠습니다."

대답한 웅태가 떠나려할 때 이혼이 다시 불렀다.

"잠깐."

"하명하십시오."

"오늘 일이 밖으로 새어나갈 위험이 얼마나 되는가?"

이혼의 질문에 웅태가 바닥에 다시 바짝 엎드렸다.

"원하신다면 소장이 이번 작전에 참가한 부하들을 모두 없앤 후 다시 저하를 찾아와 저하 앞에서 목숨을 끊을 용의가 있사옵니다."

"그렇게 할 필요는 없다."

"그럼 혀를 잘라서 말을 하지 못하게 하겠습니다."

"괜찮다. 입단속만 철저히 시키도록 해라."

"예, 저하."

절을 올린 웅태는 유령처럼 은밀하게 몸을 감추었다.

웅태가 모습을 감춘 것과 동시에 허준이 돌아왔다.

땀을 흘리는 모습이 꽤 먼 곳까지 갔다 온 모양이었다.

허준은 가죽으로 만든 물통 입구를 열어 이혼에게 건넸다.

"근처 우물에서 방금 떠왔습니다. 시원할 때 어서 드십시오."

"고맙소."

물을 한 모금 마신 이혼은 물통을 허준에게 건넸다.

"어의도 마시구려."

"저는 괜찮습니다. 물을 뜰 때 많이 마셨습니다."

"땀을 그렇게 흘리는데 그때 마신 물이 무슨 소용이 있겠소."

이혼의 말에 허준도 더는 사양하지 못했다.

두 사람은 마루에 앉아 물을 나눠 마시며 기영도를 기다렸다.

서늘한 가을바람이 폐가에 무성히 자란 잡초를 부드럽게 쓸어갔다.

이혼은 고개를 돌려 허준을 보았다.

광해군 이혼으로 사는 동안, 가장 큰 도움을 준 사람을 꼽으라면 단연 이 허준이었다. 허준은 모든 게 낯선 이곳 생활에 이혼이 적응할 수 있도록 물심양면으로 지원을 아끼지 않은 사람이었다.

사람들의 이름부터 시작해서 예절, 말투, 심지어는 한자와 사서삼경과 같은 학문까지 가르치며 적응할 수 있도록 최선을 다했다.

기억을 잃었다고 한 그의 말을 허준이 얼마나 믿었는지는 모른다.

어쩌면 믿지 않았을지도 모른다.

그러나 어쨌든 그의 도움을 받은 것은 분명했다.

아마 그가 도와주지 않았으면 이혼은 지금 이 자리에 없었을 것이다.

이혼은 문득 궁금함이 생겨 허준에게 물었다.

"그대는 내가 한 말을 정말 믿었소?"

"어떤 말을 말씀하는 겁니까?"

"영변의 약산산성에서 내가 기억을 잃었다고 했던 말, 기억하시오?"

허준은 당시를 회상하듯 눈을 반쯤 감으며 대답했다.

"당연히 기억하지요."

"그때, 내가 한 말을 믿었소?"

"신이 저하의 말을 믿는 거와는 상관이 없는 문제였습니다."

"그게 무슨 말이오?"

"국운이 넘어가는 상황에서 전하 다음으로 중요하신 세자저하가 기억을 잃었다는 말은 최악보다 더 최악인 상황이었습니다. 그때, 제게는 저하에게 잃어버린 기억을 찾아주는 일 외에는 다른 것을 생각할 겨를이 없었습니다. 그게 설령 나중에 들통이 나 신의 목숨이 위험한 상황이라 해도 말이지요. 그런 문제인 겁니다."

"내가 바보 같은 질문을 했구려."

두 사람이 대화를 나눌 때, 낡은 문이 끽 소리를 내며 열렸다.

허준은 자객이 추격해왔다고 생각했는지 얼른 이혼 앞을 막아섰다.

그러나 이혼은 담담한 표정을 유지했다.

저 문에서 들어올 사람은 한 명 밖에 없었다.

바로 기영도였다.

기영도는 제법 멀리까지 가서 상황을 살펴본 듯 조금 지쳐보였다.

"돌아왔습니다."

"살펴보았는가?"

"예, 해룡산까지 가보았는데 일행을 습격했던 자객은 없었습니다."

"그럼 이제 돌아가세."

이혼은 잡초를 뜯어먹던 말에 올라 남쪽으로 내달렸다.

이혼이 습격당했다는 소식은 발 없는 말보다 빠르게 퍼져나갔다.

경기도와 충청도경계에서 대기하던 영규는 안절부절 못하던 중 이혼이 기영도, 허준과 함께 무사히 돌아오자 안도의 숨을 쉬었다.

"나무아미타불, 참으로 다행입니다."

이혼은 영규의 인사를 받기 무섭게 바로 명을 내렸다.

"충청사단은 이곳 충주성을 중심으로 즉시 방어태세에 돌입하시오."

"설마 저쪽에서 공격을 해오겠습니까?"

"설마가 사람 잡는 법이오. 나도 이곳을 지날 때는 아무일 없을 줄 알았소. 그러나 어찌되었소? 저들은 나를 죽이려하지 않았소?"

"알, 알겠습니다."

대답한 영규는 충주성으로 사단본부를 옮겨 방어태세에 돌입했다.

동시에 경기도와 충청도 경계에는 보병부대를 투입했다.

앞으로 있을 전쟁에서 최전선에 해당하는 충청도의 경계상황을 살펴본 이혼은 문경으로 돌아와 그곳에 남아있던 이장손을 불렀다.

이장손은 무사한 이혼의 모습을 보고는 가슴을 쓸어내렸다.

"해룡산에서 자객의 습격을 받았다는 말을 듣고 얼마나 놀랐는지 모르는데 무사하신 모습을 뵙고 되니 이제야 마음이 좀 놓입니다."

"천운이었네."

"예, 소인도 그리 생각합니다."

"무기는 계속 생산하는 중인가?"

"예, 저하. 장인들을 몰래 모아서 계속 생산해왔습니다."

"재고는?"

"소룡포는 현재 30문, 용란은 전에 생산한 물량까지 합쳐 500발 가량 있습니다. 그리고 죽폭과 용조, 용염도 재고가 제법 있습니다."

보고를 받으며 고개를 끄덕이던 이혼이 다시 물었다.

"용아는?"

"소각할 때 1대대가 가진 무기만 소각했는지라, 그 후에 생산했던 5백여 정이 비밀창고에 그대로 남아있어 재고는 충분한 편입니다."

"곧 써야할 일이 많을 테니 생산에 박차를 가해주게."

"예, 저하."

이장손은 바로 무기제작에 들어갔다.

이산해가 문경에 들어와 감시할 때는 사용하던 대장간에서 무기를 제작하지 못해 인적이 드문 산골에 화덕을 옮겨 몰래 제작했다.

덕분에 고생이 이만저만 아니었으나 선조의 지시를 받아 소각한 무기들을 다시 제작해 복구함과 동시에 재고 역시 빠르게 늘렸다.

이제는 조정의 눈치를 볼 필요가 없어 사용하던 대장간에서 흩어졌던 대장장이들을 다시 불러 모아 본격적으로 무기생산에 나섰다.

감시의 눈길을 피하기 위해 대장장이 일부는 고향으로

돌아가는 척 했으나 사실은 문경 근처에 대기하며 때가 오기를 기다렸다.

다행히 그리 오래 기다릴 필요는 없었다.

해룡산의 자객습격으로 분조는 조정을 상대로 전쟁준비에 들어갔다.

한편, 그 시각 강원도 철원을 지나던 유성룡은 눌러 쓴 삿갓을 조금 올려 하늘을 보았다. 가을 하늘이 눈이 부시도록 푸르렀다.

뒤에서 따라오던 금부도사(禁府都事)가 연신 재촉했다.

"날이 저물기 전에 저 고개를 넘어야하니 서두르시지요."

"알았네."

대답한 유성룡은 서둘러 걸음을 옮겼다.

헤어진 짚신바닥을 돌조각이 찔러 걸을 때마마 몸이 움찔거렸다.

그러나 멈출 수는 없었다.

금부도사의 말처럼 오늘 안에 저 고개를 넘어야 쉴 장소가 나왔다.

근위사단을 해체해 이혼의 날개를 꺾은 선조는 분조에 있던 문관과 무관들을 연금하거나, 아니면 귀양을 보내 팔다리마저 잘랐다.

선조 입장에서 유성룡, 정탁, 이항복, 이덕형은 불사이군(不事二君), 즉 두 주인을 섬기지 않는다는 덕목을 어긴 배신자들이었다.

마음 같아서는 찢어죽이고 싶었지만 하삼도 민심을 안정시키기 위해서는 귀양이나, 연금과 같은 유한 방법을 사용할 수밖에 없었다.

나중에 사약을 내려죽이든, 아니면 목을 베어죽이든 간에 지금은 우선 살려주는 방향으로 가서 저항을 최소화하는 게 목적이었다.

유성룡은 고개를 들어 북쪽 하늘을 보았다.

여기서 얼마를 더 가야 귀양지가 나올지 예상조차 어려웠다.

분조에서 핵심적인 위치에 있던 유성룡은 도성에서 가장 먼 곳에 있는 함경도 경흥으로 귀양지가 정해졌다. 그야말로 소식 한 번 전하는데 한, 두 달이 족히 걸리는 그야말로 벽지 중 벽지였다.

그 외에 다른 사람들 중 정탁은 함경도 삼수, 이항복과 이덕형은 함경도 갑산, 이원익과 김성일 등은 평안도 의주가 귀양지였다.

귀양지는 원래 섬이나, 남쪽 해안지방에 정하는 게 관례였다.

북쪽 국경에 귀양지를 정하면 도망칠 경우, 바로 외국으로 월경할 위험이 있어 도망치기 어려운 섬이나, 남쪽지방을 더 선호했다.

그러나 하삼도에는 이혼의 영향력이 강해 북쪽으로 정해졌다.

이혼의 영향력이 강한 지역에 귀양지를 정하면 귀양효과가 없었다.

고개를 다 오른 유성룡은 수건으로 목에 흐르는 땀을 닦았다.

겨울이 멀지 않은 시기였지만 가을 햇살은 여전히 따가웠다.

정상에 서서 숨을 고르던 유성룡은 고개 밑에 난 길에서 누군가 올라오는 모습을 보았다. 하루 종일 이 산길을 걸으면서 금부도사와 나졸 둘 외에는 처음 보는 사람이어서 눈길이 절로 갔다.

패랭이를 쓴 모습이 장사치인 모양이었다.

"먼저 가시게나!"

두 사람이 나란히 서지 못할 만큼 길이 좁아 유성룡이 양보했다.

그야 경흥에 도착하는 게 목적이지 빨리 가는 게 목적은 아니었다.

아니, 천천히 가면서 산수(山水)를 구경하는 편이 더 좋았다.

금부도사의 생각은 다르겠지만 그는 급할 게 없는 몸이었다.

패랭이를 쓴 고개를 숙여 감사를 표시한 장사치가 걸음을 서둘렀다.

등에 맨 봇짐이 묵직한 게 물건을 팔러가는 모양이었다.

유성룡을 지나친 장사치는 이내 금부도사 앞에 이르렀다.

그러나 금부도사는 유성룡처럼 비켜줄 마음이 전혀 없었다.

허리에 양 손을 올린 채 지나갈 테면 지나가보라는 식이었다.

장사치는 하는 수 없이 풀숲으로 들어가 금부도사 옆을 지나갔다.

금부도사의 고개가 다시 앞으로 돌아갈 때였다.

지나가던 장사치가 갑자기 봇짐을 들어서 뒤통수에 후려쳤다.

금부도사는 아닌 밤중에 홍두깨 맞은 격으로 그대로 기절해버렸다.

"이게 무슨 짓이냐!"

나졸 두 명이 소리치며 장사치에게 창을 휘두르려할 때, 풀숲 옆에서 튀어나온 사내 두 명이 나졸의 팔을 잡아 꺾어 창을 빼앗았다.

그야말로 전광석화 같은 몸놀림이어서 눈을 감았다가 뜨는 순간, 금부도사와 나졸 두 명이 포승줄에 꽁꽁 묶여

옴짝달싹 못했다.

유성룡은 대노해 호통을 내질렀다.

"관원을 해치다니 이게 무슨 짓이냐? 돈이 목적이냐?"

그 말에 장사치가 급히 달려와 유성룡 앞에 무릎을 꿇었다.

"소인은 항왜연대의 1대대장 길전입니다. 저를 알아보시겠습니까?"

"고개를 들어봐라."

유성룡의 말에 길전은 급히 고개를 들어 얼굴을 보여주었다.

"정말 길전이 맞구나."

"오랜만입니다, 대감."

유성룡은 의아해하며 물었다.

"한데 이게 무슨 짓이냐? 네가 금부도사를 공격하다니!"

"세자저하께서 도성으로 가던 중 해룡산에게 기습을 당하셨습니다."

"뭣이!"

소스라치게 놀란 유성룡은 급히 길전을 일으켜 세워 물었다.

"자세히 말해보아라."

길전은 웅태처럼 우리말을 능숙하게 사용하지는 못했다.

그러나 뜻을 유추하는 데는 문제가 없어 곧 일의 전말을 파악했다.

유성룡은 가슴을 쓸어내렸다.

"저하께서 무사하시다니 천만다행이군. 그래, 저하께서는?"

"소인이 대감을 모시러 오기 전에 들은 마지막 소식에 의하면 문경에 다시 돌아가 흩어졌던 문관과 무관을 모으는 중이었습니다."

유성룡은 고개를 끄덕였다.

"그럴 테지. 근위사단은?"

"지금쯤 연락이 가서 문경으로 모이는 중일 것입니다."

"조정에서는 어찌 나오던가?"

"이쪽으로 오느라 그 소식은 미처 듣지 못했습니다."

"알았네. 우리도 서둘러 돌아가세."

그때, 길전의 부하 두 명이 말을 가져왔다.

"이걸 타십시오."

"사양 않겠네."

유성룡은 길전 등과 함께 서둘러 문경으로 돌아갔다.

유성룡이 쉼 없이 달려 문경에 도착했을 때는 이미 거의 모든 문관과 무관이 문경에 다시 돌아와 막 원대복귀를 완료한 참이었다.

말안장에서 훌쩍 뛰어내린 유성룡은 급히 이혼의 처소

로 달려갔다.

가는 동안, 병사 수백 명이 줄지어 본영으로 들어가는 모습이 보였다.

"으음."

유성룡은 침음(沈吟)을 삼켰다.

제 자리를 찾아가는 속도가 빨라도 너무 빨랐다.

마치 처음부터 양위를 위해 도성에 가지 않을 것을 예측한 듯했다.

어쨌든 서둘러 처소를 찾은 유성룡은 처소 앞에서 대기 중이던 정탁, 이원익, 김성일 등과 해후하며 앞으로의 일에 대해 상의했다.

유성룡은 말은 적게 하며 대신들의 표정을 살폈다.

이혼이 습격 받은 일에 대해 성토하는 이가 있는 가하면, 앞으로 일어날 일에 대해 걱정하는 이도 있었다. 또, 묘한 흥분을 감추지 못하는 자도 있었는데 이미 도성의 조정군과 한 판 붙는 것을 기정사실로 여기는 듯했다. 어찌 되었든 걱정스러운 상황이었다.

덜컹!

처소의 문이 열리며 기영도가 모습을 드러냈다.

"들어오시랍니다."

대신들은 서둘러 들어가 이혼에게 먼저 인사를 올렸다.

인사를 받은 이혼은 방석을 가리켰다.

"다들 앉으시오."

이혼은 대신들이 자리에 앉기를 기다렸다가 입을 열었다.

"해룡산의 소식을 모두 들었을 것이오."

"예, 저하."

"누구보다 이 상황을 원치 않았던 게 나이지만 이젠 방법이 없소."

정탁이 급히 물었다.

"하오시면?"

"도성으로 올라가 이번 사건의 범인을 찾아내는 수밖에 없을 듯하오."

유성룡이 걱정스러운 표정으로 물었다.

"그 말씀은 군을 일으키시겠다는 말입니까?"

"다른 방법이 없소. 나와 주상전하 사이를 이간질하는 자가 있다면 무력을 써서라도 제거하여 조선과 왕실에 다시 평화를 가져와야하오. 외적이 두 눈을 시퍼렇게 뜨고 있는 상황에서 계속 혼란만 가중된다면 내우외환으로 발전하여 조선이란 나라는 사라질 것이오. 해서 이참에 어떻게 해서든 결판을 지어야할 거 같소."

이는 이혼 나름대로의 선전포고나 마찬가지였다.

모두들 두려움과 흥분을 같이 느꼈다.

표면전(表面戰)이 전면전(全面戰)으로 바뀌는 순간이었다.

전쟁준비는 착착 끝나갔다.

무기는 조정의 감시를 받던 때에도 계속 생산하여 문제가 없었다.

그리고 군량은 추수가 막 끝난 하삼도에서 끝없이 올라왔다.

다행히 올해는 풍년이 들어 수급에 문제가 없었다.

물자를 비축하는 동안, 전투를 지휘할 장수들이 도착했다.

장수들은 조정에 의해 귀양을 가거나, 아니면 가택에 연금 중이었는데 이혼이 해룡산에서 습격을 받았다는 말을 듣자마자 바로 문경으로 돌아와 귀대를 시작한 병사들을 다시 통솔하기 시작했다.

맨 마지막에는 병사들이 속속 복귀했다.

선조의 어명에 의해 근위사단을 해체할 때 병사들에게 녹봉을 넉넉히 준 이혼은 그들이 고향에 돌아가 원하는 일을 하게 하였다.

농사를 짓던, 장사를 하던 그들 마음이었다.

이제는 군에 복귀할 이유가 없었다.

그러나 열흘이 지났을 무렵.

무려 9할에 이르는 병사들이 복귀했다.

이혼은 진심으로 기뻐했다.

그가 병사들에게 들인 정성을 병사들이 먼저 알아주었다.

옛 사람들이 검은 머리 짐승은 키우는 게 아니라 하였지만 사람이 사람에게 진심을 다한다면 통하는 경우가 그 보다 훨씬 많았다.

이혼은 그들에게 강요도, 부탁도 하지 않았다.

그러나 모두 한 마음으로 복귀를 원했다.

이혼은 전우애(戰友愛)라는 감정을 처음으로 느꼈다.

근위사단은 불과 보름 만에 재정비를 마치고 화려하게 부활했다.

아니, 전보다 더 강력했다.

전에는 조국과 가족을 지켜야한다는 사명이 그들을 지탱했다면 지금은 이혼이 믿는 가치와 신념을 같이 공유하는 사이로 변했다.

훨씬 더 끈끈해진 것이다.

이혼은 군을 일으키기에 앞서 국정원장 강문우를 불렀다.

국가기술원처럼 강문우가 지휘하는 국가정보원 역시 근위사단 해체소동이 일어나는 와중에도 전혀 흔들림 없이 임무를 수행했다.

강문우가 그림으로 그림 조직도를 먼저 올렸다.

"말씀하신대로 개편한 조직이옵니다."

"내사(內司)와 외사(外司)로 나누는 것이오?"

"예, 저하. 내사는 국내의 정보를, 외사는 외국의 정보를 맡을 겁니다."

이혼은 조직도를 보며 고개를 끄덕였다.

조직을 분리하기 전에는 같은 사람이 국내, 국외를 모두 담당했다.

국내, 국외 둘 중 하나만 맡기도 벅찬 상황에서 두 군데를 모두 담당해야하니 정보를 놓치거나, 분석에 실패하는 경우가 많았다.

그러나 이제부터는 달랐다.

국내는 국내의 전문가가, 외국은 외국에 대한 전문가를 양성해 각 지의 정보를 수집한 다음, 분석하는 장기적인 제도를 구축했다.

전이었으면 이혼의 조치를 과하게 여겼을 것이다.

입에 풀칠하기도 힘든 마당에 남의 나라에 관심을 둘 일이 없었다.

그러나 조선은 왜란을 겪으며 정보의 중요성을 처절하리만치 느꼈다.

상대에 대한 정보가 없으면 눈을 뜬 채 당했다.

왜국이 최소한 어느 해에 쳐들어올 거라는 정확한 정보만 있었어도 왜국의 대군은 상륙은커녕, 바다에서 수장을 당했을 것이다.

1591년부터 1592년 봄까지, 도요토미 히데요시는 큐슈 나고야에 조선침략을 위한 전진기지인 나고야대본영을 세워 침략을 준비했다.

큐슈, 주코쿠, 시코쿠, 긴키 등지에서 수십만의 병력을 징발한 도요토미 히데요시는 왜국 전역에 있는 영주들에게 명해 수백 척의 전선을 건조하게 하였으며 군량과 무기를 지원하라는 명을 내렸다.

왜국이 전쟁준비로 들끓을 때 조선은 정보가 없었다.

그저 대마도에서 들어오는, 상대가 이미 공작한 단편적인 정보만 수집하여 표면적인 방어대책만 세운 채 손을 놓아버린 것이다.

조선이 왜군의 상륙을 전혀 대비하지 않아 당했다는 말을 하는 사람들이 더러 있는데 이는 맞는 말이 아니라, 전혀 틀린 말이었다.

조선은 대비를 충분히 했다.

선조는 대신들의 천거를 받아 이순신, 조경, 정발, 정담, 이억기를 파격 발탁해 왜군이 상륙할 가능성이 높은 해안가에 배치했다.

그게 다가 아니었다.

전라도관찰사와 경상도관찰사에 명을 내려 부서진 성을 보수하거나, 낡은 무기를 교체해 왜군의 침입을 경계하라는 어명을 내렸다.

당시 백성들은 그런 두 관찰사의 행동을 전쟁광(戰爭狂)이나 할 법한 행동이라며 당장 그만 둘 것을 조정에 요청한 적마저 있었다.

조선은 이처럼 그 나름대로 대비를 하였다.

한데 문제는 정보가 불확실하다는 점이었다.

조선은 명종 대에 있었던 삼포왜란(三浦倭亂)을 가정해 전쟁대비를 한 반면에, 왜군은 왜구가 해안을 약탈하는 선이 아니라, 17만에 이르는 정규군을 수백 척의 수송선에 태워 상륙을 감행해왔다.

조선이 감당하기 힘든 규모의 대군이 며칠 사이에 상륙한 것이다.

그 결과는 20일 만에 도성이 함락당하는 굴욕적인 패배였다.

심지어 그 20일 동안 전투가 없었던 게 아니었다.

부산진성과 동래성, 상주, 충주에서 연이어 전투가 벌어졌으나 왜군이 단시간에 모두 승리해 불과 20여일 만에 도성이 넘어갔다.

선조에게 왜구가 아니라, 왜군의 대규모 상륙이라는 정보만 있었어도 표면적인 방어책이 아니라, 대대적인 방어책을 세웠을 것이다.

이혼은 이를 되풀이하지 않기 위해 정보자산을 늘려갔다.

정보자산에는 돈을 아끼지 않았다.

항왜를 잠입시키든지, 아니면 왜국 본토 백성을 돈이나, 명예로 포섭하든지해서 여러 곳에서 동시에 정보를 취합할 수 있게 하였다.

정보 중에는 적을 속이기 위해 흘리는 역정보가 많았다.

정보를 조사해 분석할 때는 교차분석이 반드시 필요했다.

교차분석으로 정확성을 확인해야 그 정보는 믿을 가치가 있었다.

이혼은 국정원의 조직개편을 살펴보다가 고개를 들었다.

"대마도주에게서 연락이 왔소?"

"얼마 전에 대마도주가 보낸 승려가 들어와 부산포에 머무는 중인데 그 승려의 말에 따르면 내년을 침략의 적기로 보는 듯합니다."

"왜국 본토에 잠입시킨 우리 사람들에게서는 연락이 왔소?"

"그들 역시 대마도주가 보낸 사자와 대동소이한 의견을 보였습니다. 병력 동원과 전선 건조가 모두 끝나는 내년, 그 중에서 태풍이 오기 전인 봄일 확률이 현재로서는 가장 높은 편이라 합니다."

"내년 봄이라……. 바빠지겠군."

"예, 저하."

이혼은 잠시 생각하다가 다시 물었다.

"도성은?"

"혼란 그 자체입니다."

"혼란?"

"그렇습니다. 해룡산 습격의 범인을 찾느라 혈안입니다. 서인은 북인이, 북인은 서인이 저질렀다면서 상대를 비난하는 중입니다."

이혼은 강문우의 말을 곱씹으며 물었다.

"대전(大殿)의 상황은?"

"성격이 점점 날카로워지신다는 소문을 들었습니다."

강문우의 말에 이혼은 상체를 앞으로 당기며 급히 물었다.

"자세히 말해보시오."

"의심병이 도져 누구도 믿지 않으신다는 소문이 파다합니다. 심지어 중전마마나, 왕자들조차 뵙지 못한지 여러 날이라 하더이다."

이혼은 미간을 찌푸렸다.

선조가 그런 상황이라면 무슨 짓을 저지를지 알 수 없었다.

이혼을 향해 분노를 표출한다면 대응방법이 있었다.

한데 정신적으로 불안하다면 딱히 방법이 없었다.

무슨 일을 저지를지 선조 자신조차 예측하기 어려운 것이다.

한숨을 짧게 내쉰 이혼은 보고서를 내려놓으며 물었다.

"조정군의 준비상황은?"

"육군은 도원수 김명원이, 수군은 원균이 나서서 준비 중이었습니다."

"수는 확인했소?"

"급히 끌어 모은 병력이 보기(步騎)합쳐 3만이라 들었습니다. 그 외에 평안도와 함경도에서 백성을 더 징발해 수를 늘리는 중입니다."

"알겠소. 계속 정보를 분석해서 보고하시오."

"예, 저하."

보고를 마친 강문우는 문경에 있는 국정원으로 돌아갔다.

이혼은 방바닥에 한반도를 그린 지도를 펼쳤다.

'3만이라……. 여기에 추가로 1만을 더한다면 총 4만쯤이겠군.'

이혼의 근위사단은 현재 2만 명 안팎이었다.

무려 두 배가 넘는 숫자였는데 이혼의 표정은 변함이 없었다.

그에게는 임진왜란 내내 몇 배의 적과 싸워오며 쌓은 경험이 있었다.

이혼의 시선이 보령에 있는 충청수영으로 향했다.

'문제는 수군이다. 수군이 원균의 함대를 막아줘야 뒤가 안전하다.'

결정을 내린 이혼은 정말수를 불렀다.

원래 근위사단 본부연대 소속이던 정말수는 보직을 아예 세자시강원(世子侍講院)으로 옮겨 이혼을 가까이서 보좌하는 중이었다.

세자시강원은 동궁(東宮)에 설치하는 핵심적인 기관 중 하나로 하는 일은 군왕에 필요한 소양을 세자가 갖추도록 돕는 곳이었다.

다른 하나는 세자익위사로 세자를 호위하는 관청이었는데 이혼이 지휘하는 분조에 둘 수 있는 관청이 시강원과 익위사 두 개가 전부여서 문관은 시강원, 무관은 익위사 관원으로 채용하였다.

정말수가 시강원으로 왔다는 말은 그가 이제 문관이라는 말이었다.

정말수는 눈치가 빨라 새로운 자리에 바로 적응했다.

"찾으셨습니까?"

"전령을 불러오라."

"예, 저하."

잠시 후, 정말수가 전령과 함께 나타났다.

이혼은 그 자리에서 서찰을 적어 전령에게 주었다.

"이 서찰을 보령에 있는 충청수사에게 전하여라."

"예!"

전령은 그 즉시 말에 올라 충청도 보령으로 출발했다.

밖으로 나와 전령이 떠나는 모습을 보던 이혼은 다시 명을 내렸다.

"도원수를 불러오라."

"예, 저하."

정말수는 다시 나가서 권율을 안내해 데려왔다.

"도원수를 데려왔습니다."

뒷짐을 쥔 채 노랗게 물든 국화를 구경하던 이혼이 고개를 돌렸다.

"준비는 어떻소?"

권율은 자신 있는 목소리로 대답했다.

"9할 이상 마쳤습니다."

"그럼 내일 아침에 출발하겠소. 첫 번째 목표는 충주성이오."

"예, 저하."

군례를 취한 권율은 바로 나가서 휘하 장수들을 소집했다.

10장. 거침없는 진격

NEO ALTERNATIVE HISTORY FICTION

10장. 거침없는 진격

이혼은 정말수가 가져온 흑룡에 올라 하늘을 보았다.

야성이 남아있는지 며칠 동안 사람을 태우지 않았던 흑룡은 발로 땅을 파거나, 허연 콧김을 연신 뿜어내며 불편한 기색을 보였다.

흑룡은 근위사단을 해체할 때 몸집이 커서 콩을 많이 먹는다는 하찮은 이유로 근처에 있는 군마 목장으로 팔려갔다가 돌아왔다.

이혼은 몸을 흔드는 흑룡의 갈기를 천천히 쓸어내렸다.

손길이 싫지 않은 듯 흑룡은 빠르게 안정을 찾아갔다.

자기가 태운 사람이 자신의 주인 이혼이라는 것을 알아보는 듯했다.

이혼의 시선이 위로 향했다.

북쪽에서 불어온 강한 바람이 흙먼지를 일으켰다.

천고마비를 자랑하던 가을 하늘은 이제 겨울을 준비하기 시작했다.

"눈이 내리기 전에 끝났으면 좋겠군."

흑룡의 고삐를 쥔 이혼은 북쪽으로 말을 몰았다.

그 앞으로 권율이 지휘하는 근위사단 2만여 명이 행군 중에 있었다.

이혼은 근위사단 뒤에서 유성룡, 정탁, 이원익, 이항복, 이덕형, 김성일과 같은 분조의 문신들과 기영도, 김덕령이 지휘하는 세자익위사의 호위를 받으며 앞서가는 근위사단을 천천히 따라갔다.

권율은 노련했다.

이혼이 따로 지시하기 전에 벌써 이혼이 원하는 진형을 구축했다.

유격연대에서 정찰대대로 이름을 바꾼 최배천의 정찰대대 5백 명이 근위사단이 움직이는 곳 주위 10여 킬로미터를 샅샅이 훑었다.

강문우가 지휘하는 정찰부대는 국정원으로 조직 이름을 바꿔 근위사단에서 독립했다. 현재는 내사와 외사를 산하에 둔 채 외국과 국내의 정보를 취합해 분석하는 업무를 맡은 민간 조직이었다.

이혼은 정찰을 무엇보다 중요시하는 사람이어서 강문우의 정찰부대가 떠난 자리에 최배천이 지휘하는 유격연대를 새로 집어넣었다.

적 후방에서 게릴라전을 수행하는 유격연대는 이동이 간편한 경무장에, 다들 눈치와 발이 빨라 정찰임무를 맡기기에 더없이 좋았다.

최배천의 정찰대대가 외곽을 정찰하는 사이, 근위사단은 1연대가 선봉, 2연대가 좌군, 3연대가 우군, 5연대가 후군자리에 위치했다.

남은 본부연대와 기병연대, 포병연대, 항왜연대 등은 중군을 형성해 가운데서 행군하며 도원수 권율의 호위와 보병 지원을 맡았다.

문경을 출발한 근위사단은 청주에서 곧장 충주성으로 향했다.

충주로 가는 동안, 군대가 이동하는 방향을 전혀 감출 생각이 없는지 이혼은 일부러 북과 꽹과리를 요란하게 치게 했으며 기치 수십 개를 높이 세워 사방에서 근위사단의 접근을 알도록 만들었다.

소문은 정말 발 없는 말이었다.

근위사단이 충주에 도착하기도 전에 이미 도성에 있는 조정은 근위사단의 1차 목적지가 충주성이라는 사실이 파악한지 오래였다.

그 즉시, 갑론을박이 일어났다.

세자가 선조를 향해 정식으로 칼을 뽑은 마당에 더 이상 미적거릴 수 없으니 모아둔 근왕병을 보내 도성으로 오는 길을 막아야한다는 주장과 아직 협상할 여지가 있으니 사람을 보내 우선 도성으로 들어오려는 세자를 충주에 묶어야한다는 주장이 충돌했다.

전자는 주로 서인들이, 후자는 이산해와 같은 북인들이 주장했다.

불행히도 서인의 숫자가 훨씬 많아 전란의 분위기가 무르익어갔다.

도성 조정은 곧바로 분조를 치기 위한 근왕병을 일으켰다.

전 도원수 김명원을 주장(主將)으로, 전 충청도 관찰사 윤선각과 전 충청도 방어사 이옥을 좌우부장으로 삼아 3만 군을 일으켰다.

육지에서는 김명원이 충주성으로 향할 무렵.

제물포항구에서는 전 경상우수사 원균이 지휘하는 50여 척의 전선이 충청수영이 위치한 충청도 보령으로 급히 남하하기 시작했다.

충주성에서 충청사단장 영규와 합류한 이혼은 강문우를 기다렸다.

얼마 지나지 않아 강문우가 새로운 소식을 가져왔다.

"조정군이 무갑산(武甲山)을 통과해 이천으로 내려오는 중입니다."

충주성 동헌에서 회의를 연 이혼은 권율을 보았다.

"도원수는 조정군의 의도가 무엇이라 생각하시오?"

"우리가 충주성에서 움직이지 않는다면 바로 충주성으로 쳐올 생각인 듯 보입니다. 반대로 우리가 충주성에서 먼저 움직인다면 움직이는 방향을 살펴 그 쪽으로 이동해 틀어막을 듯 보입니다."

"대책은 무엇이오?"

권율은 지체 없이 대답했다.

"기습입니다."

"기습을 하자는 말이오?"

"그렇습니다. 우리가 충주성에서 움직이지 않은지 이제 사흘이 넘어가니 조정군은 우리가 먼저 기습해오리라고는 예상하지 못할 것입니다. 기습의 장점을 한 가지 더 꼽으라면 우리는 사흘 동안 충분한 휴식을 취하여 행군의 피로를 줄인 반면에, 조정군은 도성에서 급히 출발하느라 제대로 쉴 틈이 없었다는 점입니다."

이혼은 고개를 끄덕였다.

"도원수의 말이 지당하오. 근위사단은 바로 출병하시오."

"예, 저하!"

장수들은 급히 자기 부대에 돌아가 출발 준비를 서둘렀다.

"징과 꽹과리를 버려라! 소리가 나는 물건을 소지해서는 안 된다!"

"옛!"

"행군 중에 떠들지 마라! 떠드는 놈은 경을 칠 것이다!"

"옛!"

장수들은 병사들에게 기도비닉(企圖秘匿)을 주문했다.

기습을 성공하기 위해서는 기도비닉을 얼마나 잘 유지하는 가에 있어 병사들을 단속하는 장수들의 신경이 한껏 날카로워져 있었다.

문경에서 준비해온 5, 6미터 길이의 기치 수백 개 역시 가져가는 대신, 충주성 성벽 곳곳에 모두가 볼 수 있도록 높이 걸어두었다.

얼마나 속을지는 미지수지만 근위사단이 충주성을 나갔다는 것을 조정군의 세작(細作)이 최대한 늦게 아는 편이 아군에 유리했다.

다음 날 이른 새벽.

해가 점점 짧아져 아직 동이 트지 않은 시각이었다.

어제 만든 주먹밥으로 아침을 때운 근위사단은 채 동이 트지 않은 이른 시각에 충주성 성문을 나와 이천 방향으로 행군을 시작했다.

모든 부대가 기도비닉을 철저히 유지했다.

사람은 얼굴과 손등, 그리고 칼날에 재를 발라 위장했다.

기도비닉은 동물도 피해가지 못했다.

말은 입에 재갈을 물렸으며 발굽에는 두꺼운 천을 감쌌다.

본부연대가 가져가는 수레만 수백 대여서 소리를 줄여야했다.

동이 터오를 때 충주를 떠난 근위사단은 정오에 경기도에 입성했다.

얼마 후, 근위사단은 조정군이 있는 이천 근처에 이르렀다.

진채를 세우지 않은 권율은 정찰을 지휘하던 최배천을 소환했다.

"조정군의 진형을 확인했소?"

"예, 장군. 조정군은 세 부대로 나뉘어있습니다."

"자세히 얘기해보시오."

"중군을 형성한 김명원이 이천성에 1만5천의 병력과 농성 중이고 윤선각과 이옥은 각각 7천의 병력으로 좌우를 방어하고 있습니다."

보고를 받은 권율이 돌아서서 이혼에게 물었다.

"지금 기습하는 게 어떻겠습니까?"

"도원수의 뜻대로 하시오. 다만, 저들 역시 우리 조선의 백성들이니 쓸데없이 피를 보는 일이 없도록 병사들에게 주의시켜 주시오."

"예, 저하."

이혼의 허락을 받은 권율은 바로 휘하 부대에 기습 지시를 내렸다.

"1연대가 중앙, 2연대가 좌측, 3연대가 우측을 기습하도록 하시오."

전령을 통해 권율의 명을 전해 받은 1연대장 황진이 군마에 올랐다.

"출진하라!"

우렁찬 외침에 병사들이 달리기 시작했다.

1연대가 먼저 출발한 후 그 양 옆에 2연대와 3연대가 따라붙었다.

조정군은 근위사단이 이렇게 가까이 도착했으리라곤 전혀 생각지 못한 듯 밥을 먹기 위해 솥을 걸었다가 깜짝 놀라는 모습이었다.

1연대는 먼저 윤선각이 지휘하는 좌군을 향해 짓쳐갔다.

"장전한 후 착검하라!"

날이 저물어서 시야가 좋지 못했으나 훈련한 대로 용아의 노리쇠손잡이를 당겨 약실을 연 다음, 탄입대에 있는 탄을 꺼내 끼웠다.

노리쇠손잡이를 옆으로 눕혀 앞으로 미는 순간.

철컥소리가 나며 약실에 탄이 걸리는 소리가 들렸다.

장전을 마친 병사들은 이내 탄띠에 있는 대검을 꺼내 착검을 마쳤다.

1연대 1대대 500여 명은 근위사단에서 유일하게 용아로 무장한 부대여서 선두에서 돌격하며 수중의 용아를 조정군에게 조준했다.

"발사하라!"

황진의 외침에 병사들은 그 자리에 엎드려 방아쇠를 당겼다.

탕탕탕!

조총보다 훨씬 둔중한 소리가 울리더니 조정군 앞 열이 무너졌다.

"죽폭을 던져라!"

명을 내린 황진 역시 죽폭에 불을 붙여 투척했다.

펑펑펑!

연기가 사방으로 피어오르며 조정군이 사방으로 흩어졌다.

"돌격하라!"

1대대는 그 즉시 착검한 용아를 앞에 세운 채 앞으로 달려 나갔다.

조정군의 사수들이 활을 쏘며 반격에 나섰지만 1대대가 더 빨랐다.

푹!

착검한 대검으로 저항하는 조정군을 찌른 1대대 병사가 돌아서며 총 개머리판으로 그 뒤에 있는 조정군의 얼굴을 힘껏 내리쳤다.

콰직!

얼굴을 다친 조정군이 비명을 지르며 쓰러졌다.

1대대가 돌격하는 사이, 다른 대대 역시 공격을 시작해 사방에서 윤선각의 좌군을 몰아치며 이천읍성과의 거리를 벌리려하였다.

좌군이 기습당했다는 소리에 김명원은 바로 중군을 움직였다.

이천읍성 서문을 연 김명원은 5천 병력으로 좌군 측면을 지원했다.

조정군이 쏜 화살이 비 오듯이 날아가 1연대 측면을 무너트렸다.

1연대장 황진은 급히 서쪽으로 이동하며 외쳤다.

"이천읍성과의 거리를 벌려라!"

병사들은 윤선각의 좌군을 계속 몰아붙이며 읍성과의 거리를 벌렸다.

김명원은 대노해 명했다.

"놈들이 도망친다! 어서 쫓아라!"

김명원이 지휘하는 중군이 퇴각하는 1연대 후위를 추격했다.

조정군은 화살을 쏘아서, 1연대는 조총의 탄환으로 서로를 공격했다.

치열한 접전이 10여 분 간 이어졌다.

처음에는 1연대가 우세해보였다.

워낙 정병인데다 기습의 묘마저 살렸기에 가까스로 전열을 수습한 윤선각의 좌군과 김명원의 중군에 맞서 훌륭하게 자리를 지켰다.

그러나 시간이 흐를수록 전세가 기울었다.

이천읍성과 거리를 벌리기 위해 퇴각하다보니 측면과 후면을 노출당해 쓰러지는 병사의 수가 조금씩 늘어났다. 거기에 숫자의 차이가 서너 배에 달해 1연대 혼자서는 막아내기가 힘들어보였다.

"아직 인가?"

황진이 미간을 찌푸리며 남쪽을 볼 때였다.

조경의 2연대가 달려와 1연대 후미를 공격하던 중군 측면을 쳤다.

중군의 공격방향은 1연대가 있는 서쪽으로 모두 향해있던 지라, 남쪽에서 기습을 가한 2연대에 측면을 무방비상태로 내어주었다.

2연대장 조경이 선두에서 병사들을 지휘했다.

"죽폭을 던져라!"

그 즉시, 죽폭이 날아가 펑펑 소리를 내며 터졌다.

죽폭의 효과는 그게 끝이 아니었다.

죽폭을 만드는 흑색화약이 연기를 뿜어내며 가뜩이나 어두운 시야를 완전히 가려 급히 끌어 모은 조정군에게 두려움을 안겨주었다.

그와 달리 2연대에는 이런 상황을 여러 번 겪어본 역전의 노병들이 많아서 사방으로 흩어졌다가 모이기를 반복하는 중군을 이천읍성 방향으로 몰아치며 김명원의 중군과 윤선각의 좌군을 갈랐다.

"다 되었다! 힘을 내라!"

조경이 목이 터져라 독려하는 순간.

마침내 1연대 꼬리에서 중군을 떼어내 이천읍성으로 몰아붙였다.

김명원의 중군이 이천읍성으로 후퇴할 때, 마지막 3연대가 서쪽에서 돌아 나와 1연대의 맹공을 가까스로 견뎌내던 좌군을 기습했다.

그야말로 완벽한 기습이어서 윤선각을 비롯한 좌군의 장수들은 한 명도 살아남지 못했으며 병사들은 살기 위해 사방으로 흩어졌다.

그 시각, 이천읍성 오른쪽에 있는 이옥의 우군은 갈팡질

팡하였다.

윤선각의 좌군이 있는 이천읍성 왼쪽에서 함성과 조총의 총성이 들려오기는 하는데 김명원은 그에게 지시를 따로 내리지 않았다.

그 자리를 고수하라거나, 아니면 이천읍성을 뒤로 돌아서 공격을 받는 윤선각의 좌군을 지원해주라는 등의 지시가 전혀 없었다.

함성과 고함소리가 사방에서 들려올 때, 이옥은 지원을 결정했다.

이천읍성에 주둔한 김명원의 중군과 그 좌우에 자리를 잡은 자신과 윤선각의 좌우군은 이와 잇몸의 관계였다. 좌우군 중 하나가 무너지는 날에는 다른 부대마저 무너질 가능성이 현재로선 높았다.

이옥이 진채를 나오는 순간.

남쪽에서 엄청난 크기의 말발굽소리가 대지를 뒤흔들었다.

얼마나 큰지 발을 디딘 땅이 지진이 난 거처럼 흔들리는 듯했다.

"남쪽이다! 남쪽으로 선두를 돌려라!"

이옥은 고래고래 소리를 지르며 부대의 방향을 남쪽으로 돌렸다.

부대가 일사불란하게 움직이기 위해서는 엄청난 훈련량

이 필요했다.

설령, 엄청나게 훈련한 부대라도 실전에서는 훈련한 성과를 제대로 드러내기 어려웠다. 한데 이옥이 지휘하는 우군은 급히 끌어 모은 오합지졸이었으니 이옥의 지시에 반응하는 게 무척 느렸다.

부대 선두가 간신히 남쪽으로 칼끝을 돌렸을 무렵.

마침내 모습을 드러낸 권응수의 기병연대가 우군 가운데를 갈랐다.

부대가 두 개로 갈라진 우군은 사방에서 난전을 펼치다가 결국 기병연대의 공격을 당해내지 못한 채 사방으로 흩어지기 시작했다.

"도망병을 쫓지 마라! 우리의 목표는 우군 수뇌부다!"

소리를 지른 권응수는 앞장서서 군마를 몰며 수뇌부를 짓쳐갔다.

편곤을 휘둘러 막아서는 기병 몇 명을 때려눕힌 권응수는 급히 돌아서는 이옥을 향해 달려가 그의 등짝에 편곤을 힘차게 뿌렸다.

콰직!

뼈가 부러지는 소리가 들리더니 이옥이 말에서 떨어졌다.

그게 끝이었다.

이옥이 쓰러지며 우군은 완전히 와해되어버렸다.

김명원은 좌우군을 합쳐 1만5천에 이르는 병력이 불과

두, 세 시간 동안 벌어진 전투로 인해 흩어져버리는 모습에 크게 당황했다.

그는 한때 근위사단을 지휘해본 경험이 있었다.

이혼이 의주에 있는 선조에게 불려가 있는 동안, 평양성 근처에 주둔해있던 근위사단은 당시 도원수였던 김명원의 지휘를 받았다.

선조와 김명원이 원하는 점이 같아서 나온 결과였다.

선조는 점점 강력해지는 근위사단을 이혼에게서 떼어놓아 이혼의 입지를 줄이려했다. 반면, 김명원은 명색이 도원수인데 장수와 병사들의 존경을 받기는커녕, 오히려 비난을 받는 상황이었다.

임진강, 대동강, 그리고 평양성에서 연달아 패하는 바람에 군사행정은 잘 하는데 그에 비해 전술적 재능은 떨어진다는 평을 들었다.

김명원은 이런 평가를 뒤집을 기회가 절실했다.

그런 그 앞에 나타난 것이 바로 이혼이 만든 근위사단이었다.

근위사단은 정예병이 주를 이루었으며 명군처럼 야포를 운용했다.

당시 조선에서는 보기 힘든 획기적인 군대였다.

근위사단을 손에 넣는다면 그 동안의 실패를 만회할 수가 있었다.

세자는 했는데 그라고 못할 게 무엇인가.

이혼이 선조에게 불려가기 무섭게 근위사단을 맡은 김명원은 순안에 있는 근위사단을 움직여 평양성을 단독으로 탈환해보려 하였다.

한데 근위사단은 말을 듣지 않았다.

당시 참모장 한극함을 중심으로 똘똘 뭉쳐 이혼을 기다릴 뿐이었다.

속절없는 시간이 흐른 후, 결국 이혼은 근위사단을 다시 찾아갔다.

윤선각의 좌군과 이옥의 우군을 잃은 김명원에게 다른 수가 없었다.

지금은 그저 이천읍성에서 농성하는 게 최선이었다.

김명원은 이천읍성 성문을 굳게 잠근 채 움직이지 않았다.

조정에서는 나가 싸우라 명했지만 김명원은 농성준비에 들어갔다.

권율은 이천읍성을 정찰한 최배천의 보고를 받았다.

"성문과 성첩을 보수하는 것으로 보아 농성을 준비하는 듯합니다."

권율은 바로 이혼에게 물었다.

"무리한 공성보다는 포병을 동원하는 게 어떻겠습니까?"

"도원수의 뜻대로 하시오."

이혼은 권율의 군령권을 최대한 존중해주었다.

권율 역시 이혼의 전술을 가까이서 지켜본지라, 이혼이 원하는 그림이 무엇인지 누구보다 잘 알아 그 의중에 맞는 전술을 택했다.

다음 날 아침, 그 동안 휴식을 취한 포병연대가 전개하기 시작했다.

소룡포의 검은 포구가 가을 햇살을 받으며 찬연하게 빛났다.

소룡포는 왜군을 분쇄하는데 가장 큰 공을 세운 무기였다.

그러나 지금은 슬프게도 같은 동포를 겨눠야하는 처지에 놓였다.

펄럭!

장산호가 깃발을 휘둘렀다.

그 순간, 포성이 울리며 용란이 날아가 이천읍성 남문에 떨어졌다.

콰콰쾅!

용란이 폭발하며 사방으로 화염을 쏟아냈다.

서른 발의 용란이 이천읍성 남벽을 차례로 두들기는 모습은 장관을 넘어 경이 그 자체였다. 성벽 전체가 지진이 난 거처럼 흔들리더니 돌조각과 화염, 그리고 화약 연기가 사방으로 비산했다.

장산호는 지체 없이 명했다.

"재장전을 마친 포대는 바로 발사해라!"

명이 떨어진 후 간헐적으로 포성이 울리며 용란이 허공을 갈랐다.

콰콰쾅!

그 날 아침 총 100여 발의 용란이 이천읍성 남벽에 떨어졌다.

석축만 남은 성벽을 보며 김명원은 커다란 충격을 받았다.

평양성전투에서 명군이 사용하는 야포를 본 적이 있었다.

당시, 명군은 원래 보유한 야포에 서양에서 수입해 복제한 야포까지 더해 총 백여 문에 가까운 야포를 일거에 동원해 포격을 가했다.

엄청난 포격이어서 입이 다물어지지 않았다.

그러나 어쨌든 성을 점령한 것은 야포의 포격이 아니라, 병사였다.

절강병이 성벽을 점령한 후에야 승기를 가져올 수 있었다.

한데 근위사단이 동원한 야포는 달랐다.

오직 야포가 가진 힘만으로 손쉽게 성벽을 무너트렸다.

수십만 근에 이르는, 그야말로 작은 산과 같은 성이 무너졌다.

김명원은 그제야 왜군이 부산에서 왜 야전을 택했는지 알 거 같았다.

성에서 농성했다면 지금처럼 용란의 세례를 받아 오도 가도 못한 채 하늘을 가르는 용란이 자기에게 떨어지지 않기만 바라야했다.

김명원은 부서져 내린 남쪽 성벽에 나와 주위를 둘러보았다.

병사들이 피를 흘리거나, 다리를 절며 북쪽으로 후퇴했다.

자기 힘으로 걸을 수 있는 자들은 그나마 운이 좋았다.

대부분은 누군가에게 업혀서, 아니면 시신으로 변해 성벽을 떠났다.

김명원의 시선이 흉물스런 뼈대만 남은 남쪽 성루에 박혔다.

성문을 강화하기 위해 나무와 쇠를 덧댄 게 바로 얼마 전이었다.

한데 그 성문이 불과 반나절을 버티지 못했다.

성루의 편액은 반쯤 타서 굴러다녔으며 석축은 검게 그을려 있었다.

가장 단단한 성루가 이럴 진데 다른 성벽이야 볼 필요가 없었다.

세자가 지휘하는 저 강력한 분조군(分朝軍)은 구멍이 뻥 뚫린 이천읍성의 남쪽 성벽 어디든 골라서 마음대로 쳐들어올 수가 있었다.

김명원은 하늘을 보며 한숨을 길게 내쉬었다.

분조군은 마치 투항하라는 듯 오늘 아침 포격 이후 소식이 없었다.

김명원에게 남은 선택은 이제 두 가지였다.

하나는 전멸을 각오한 채 농성을 계속하는 선택이었다.

병사들의 생각은 어떤지 모르겠지만 그가 역사에 오명을 남기지 않은 채 죽을 수 있는 유일한 방법이어서 마음이 그쪽으로 향했다.

다른 하나는 깨끗하게 항복하는 선택이었다.

깨끗하게 항복하면 그는 임금을 배신한 장수라는 오명을 쓸 테지만 죄 없는 병사와 이천읍성의 백성들을 지킬 수 있는 길이었다.

김명원은 그 날 저녁 점고를 하였다.

한데 모인 병사의 숫자는 7천이 넘지 않았다.

하루 사이에 4천의 병사가 탈영했다.

시간이 흐를수록 탈영하는 병사들이 늘어 장수들마저 손을 놓았다.

탈영법을 잡아 일벌백계하는 방법도 통하지 않았다.

"내일은 더 줄어들겠군."

김명원의 말 대로였다.

다음 날 아침에는 4천, 저녁에는 3천으로 줄었다.

아예 북문에서는 성문을 열어젖힌 채 서로 빠져나가려 용을 썼다.

김명원은 그제야 이혼이 포격한 후에 공격하지 않는 이유를 알았다.

포격의 위력에 겁을 먹은 조정군이 알아서 흩어질 거라 본 것이다.

김명원은 입에서 피가 나도록 이를 악물었다.

이렇게 된 바에야 깨끗하게 끝내는 수밖에 없었다.

임진왜란이 일어났을 때부터 품에는 항상 단도 한 자루가 있었다.

적에게 잡혀 치욕을 당하느니 깨끗이 자결하는 게 나았다.

상대가 왜군이 아니라, 분조군이기는 하지만 상황은 거의 같았다.

그는 패배할 위기에 처했으며 곧 온갖 치욕을 당할 것이다.

마침내 마음을 정한 김명원은 조용한 방을 골라 안으로 들어갔다.

혹시 도중에 방해를 받을 수 있어 문은 미리 잠가 놓았다.

밖에서 들려오던 고함소리와 욕설, 발검음소리가 점차 줄어들었다.

김명원은 선조가 있는 북쪽을 향해 절을 올렸다.

"신의 능력이 부족하여 이런 결과를 초래하였습니다. 이 죄를 살아서는 씻을 수 없어 목숨을 끊으려하니 전하께선 만수무강하십시오."

절을 올린 김명원은 자리에 앉아 단도를 꺼냈다.

비단에 쌓아놓은 단도를 꺼내니 새파란 살기가 뻗어 나왔다.

김명원은 입에 헝겊을 문 채 단도의 날을 심장에 겨누었다.

이제 찌르기만 하면 이 덧없는 삶도 끝이다.

손에 막 힘을 주려할 때였다.

"장군!"

갑자기 부장 김경서(金景瑞)가 방문을 도끼로 부수며 뛰어 들어왔다.

김경서는 이내 김명원이 무슨 일을 하는 중이었는지 바로 알았다.

"장군, 이게 무슨 바보 같은 짓입니까."

"어떻게 알았나?"

"부하들이 알려주었습니다. 그 흉한 물건이나 어서 이리 주십시오."

김명원은 단도를 빼앗으려는 김경서를 밀쳐냈다.

"혼자 있게 해주게. 깨끗하게 가고 싶으이."

김경서는 기어코 완력으로 김명원의 손에서 단도를 빼앗았다.

"이렇게 무책임하게 떠나시면 어떻게 합니까?"

"그게 무슨 말인가?"

"성 안에 있는 병사와 백성들을 모두 버리실 요량입니까?"

"내가 죽으면 나에게 모든 죄를 덮어씌운 후 항복하게. 그럼 세자저하도 인정이 있는 분이니 그렇게 악독하게 나오진 않을 걸세."

김경서는 답답한 표정으로 소리쳤다.

"이미 항복을 권하는 사자가 왔습니다! 장군이 아니면 누가 그 사자와 협상해 성 안에 있는 병사와 백성들의 목숨을 구하겠습니까?"

"뭐? 사자가?"

"예, 장군. 어서 나가보십시오."

김명원은 김경서에게 거의 붙잡히다시피 하여 끌려나왔다.

남쪽 성벽 앞에 가보니 김경서의 말대로 분조군의 사자가 와있었다.

심지어 그 사자는 김명원도 잘 아는 사람이었다.

바로 유성룡이 사자였던 것이다.

정탁과 함께 이혼의 오른팔이라는 유성룡이 왔다는 말은 의외로 분조군이 조정군을 대하는 자세가 그리 가볍지 않음을 뜻했다.

유성룡은 김명원에게 물었다.

"몸은 괜찮소?"

김명원은 씁쓸한 얼굴로 대답했다.

"아직 죽을 자리를 찾지 못해 간신히 연명하는 중이오."

"괜찮다니 다행이오."

"찾아온 이유가 무엇이오?"

"항복하시오. 그러면 더 이상 피를 보는 일은 없을 것이오."

김명원은 올 게 왔다는 표정이었다.

"누구의 뜻이오? 저하의 뜻이오?"

"당연하오. 저하께서는 오늘과 같은 일이 일어난 거에 유감을 감추지 못하셨소. 해룡산의 일만 없었으면 이런 일은 없었을 것이오."

김명원은 고개를 끄덕였다.

"패장에게 달리 무슨 변명이 있겠소. 다 잘못 지휘한 나의 탓이 크니 나를 잡아가는 대신에, 병사와 백성들은 부디 살려주시구려. 저하는 통이 크신 분이니 충분히 그럴 만한 아량이 있을 것이오.”

말을 마친 김명원은 두 팔을 앞으로 내밀었다.

포박해서 압송하라는 의미였다.

한데 유성룡은 고개를 저었다.

“패장이라니 당치 않소. 장군은 그저 좋지 않은 때에 어려운 임무를 맡아 수행한 장수일 뿐이오. 자, 나와 같이 저하를 뵈러 갑시다.”

유성룡은 김명원을 다독여 이혼을 만나러갔다.

김명원은 유성룡의 따뜻한 위로에 콧날이 시큰해졌다.

두 사람이 근위사단 중군 진채에 당도했을 무렵.

마치 김명원이 올지 알았다는 듯 이혼이 제장과 함께 마중을 나왔다.

김명원을 발견한 이혼은 먼저 걸어가 손을 내밀었다.

“잘 오셨소. 자, 어서 들어갑시다.”

김명원은 이혼의 손을 잡으며 말없이 눈물을 쏟았다.

이혼은 김명원을 진채에 있는 자기 처소에 데려가 자리를 권했다.

“앉으시오.”

“송구하옵니다.”

김명원이 자리에 앉았을 때 이혼이 물었다.

“성 안의 상황이 어떻소?”

"이런 상황에서 감추고 자시고 할 게 뭐가 있겠습니까. 병사들이 전날 모두 도망쳐서 싸울 수 있는 병사는 기백이 넘지 않습니다."

"백성들은 어떻소?"

"두려움에 떠는 중이지요."

김명원의 대답에 이혼은 가슴이 아픈 듯 착잡한 표정을 드러냈다.

"백성들이 무슨 잘못이 있겠소. 이 모든 게 덕이 없는 나의 탓이오."

"듣기 민망한 말씀입니다."

이혼은 김명원을 위로하며 말을 꺼냈다.

"이제 그만하고 우리와 함께 합시다."

"소, 소장을 용서해주시겠다는 말입니까?"

"용서하고 말고 할 게 처음부터 없었소. 다 나의 신하들이요, 다 나의 백성들이요. 잠시 뜻이 달라 맞섰을 뿐, 우리는 적이 아니요."

"고마우신 말씀입니다."

대답한 김명원은 이천읍성에 돌아가 병사들을 해산했다.

이미 몇 남지 않아서 그야말로 눈 깜짝할 사이에 성이 텅텅 비었다.

이어 백성들을 안심시킨 김명원은 김경서 등 그를 따르

던 부장 몇 명과 함께 권율을 찾아와 성을 넘긴 후 최종적으로 항복했다.

이천읍성을 손에 넣은 이혼은 권율에게 명했다.

"도성으로 갑시다."

"예, 저하."

돌아선 권율은 휘하 부대에 명을 내렸다.

"전군 출정하라! 목표는 도성이다!"

권율의 명이 떨어지기 무섭게 연대장들이 병사들을 재촉했다.

"서둘러라! 꼼지락거리는 놈들은 경을 치겠다!"

"빨리 빨리 짐을 실어라! 우리는 지금부터 도성으로 간다!"

이천을 떠난 분조군은 거칠 거 없이 진격해 도성으로 향했다.

김명원이 이번에 데려간 3만 병력이 조정이 가진 군사력 전부여서 저항할 힘도, 저항할 수 있는 병사도 더 이상 남아있지 않았다.

유일한 걸림돌로 생각했던 한강 도하도 빠르게 끝났다.

이젠 정말 도성만이 남았다.

한편, 그 시각.

도성에서 수백여리 떨어져 있는 충청수영에 전운이 짙게 감돌았다.

김명원이 일패도지했다는 소식을 듣지 못한 원균은 그 대로 남하해 충청수영이 있는 보령 해안가로 50여 척의 전선을 인도했다.

원균이 기세 좋게 보령으로 나아갈 무렵.

보령 먼 바다에는 10여 척의 전선이 옹기종기 모여 있었다.

다행히 파도가 거칠지 않아 닻을 내린 채 정박해 있던 전선 중 한 척에 사후선과 포작선들이 쉼 없이 오가며 정탐활동을 하였다.

전선 중 크기가 가장 큰 전선에 삼도수군통제사의 깃발이 있었다.

삼도수군통제사는 이순신이었으니 이순신이 배에 있다는 말이었다.

이순신은 난간에 서서 바다를 보았다.

여기선 보이지 않지만 저 바다 어딘가에 원균의 함대가 있을 것이다.

이순신이 충청수영에 합류하게 된 사정은 천운이라 할 수 있었다.

선조의 명에 의해 근위사단을 해체하며 수군 주력이던 삼도수군 역시 해체의 길을 걸었는데 수군 장수들은 가택에 연금되었다.

이순신 역시 그 길을 피하지 못해 부산포에서 본가가 있

334 6

는 충청도 아산으로 돌아와 그곳에서 잠시 칩거하며 상황을 지켜보았다.

한데 해룡산에서 이혼이 습격을 당하며 군은 빠르게 재건이 되었다.

이순신은 통제영이 있는 부산으로 가는 대신에, 아산과 가까운 이곳 보령으로 건너와 충청수사 권준의 충청수군에 합류를 하였다.

이순신은 원균을 떠올려보았다.

사사건건 마음이 맞지 않던 자였다.

수군 주력이던 경상우수영의 함대를 싸워보기도 전에 자침을 시킨 후 급히 도와 달라 연락을 취했을 때는 이미 사이가 좋지 않았다.

그 후에는 어찌어찌 힘을 합쳐 왜국 수군을 연파해나갔는데 장계를 올리는 문제로 서로 충돌을 빚으며 남보다 못한 사이가 되었다.

한데 생각지 못한 때에 악연의 끝을 맺을 때가 찾아왔다.

이순신은 이혼을, 원균은 선조를 지지하며 전장에서 맞붙게 되었다.

이순신은 며칠 전에 온 이혼의 지시를 떠올렸다.

이혼은 조정이 파견한 수군을 최대한 살려보라는 지시를 내렸다.

쉽지 않은 문제였다.

싸움에서 이기는 것은 당연하고 상대를 몰살시켜서도 안 되었다.

이순신은 원균의 습성을 떠올려보았다.

원균은 늘 함대 뒤에서 명을 내렸다.

그렇다면 이번 전투 역시 함대 후미에 있을 것이다.

그때, 사후선이 소식을 가져왔다.

"원균의 함대가 보령으로 진입했습니다!"

"대장선은 어디 있더냐?"

"후미에 있었습니다!"

그 말에 고개를 끄덕인 이순신은 명을 내렸다.

"닻을 올려라! 우리는 지금부터 적의 대장선에 집중 공격을 가한다!"

"예!"

전선 10여 척은 원균의 꼬리를 잡기 위해 빠른 속도로 배를 몰았다.

전선이 움직인 자리마다 새하얀 항적이 길게 이어졌다.

〈7권에서 계속〉